黑夜里最黑的花

洁尘电影随笔

洁尘 著

广西师范大学出版社
·桂林·

图书在版编目(CIP)数据

黑夜里最黑的花:洁尘电影随笔/洁尘著.—桂林:广西师范大学出版社,2004.1

ISBN 7-5633-4330-X

Ⅰ.黑… Ⅱ.洁… Ⅲ.电影评论-世界-文集 Ⅳ.J905.1-53

中国版本图书馆 CIP 数据核字(2003)第 114214 号

广西师范大学出版社出版发行

(桂林市育才路 15 号 邮政编码:541004
网址:www.bbtpress.com)

出版人:萧启明

全国新华书店经销

发行热线:010-64284815

北京世艺印刷有限公司印刷

(北京市通州区永顺镇乔庄村 邮政编码:101100)

开本:880mm×1 230mm 1/32

印张:8 字数:93 千字

2004 年 1 月第 1 版 2004 年 1 月第 1 次印刷

印数:0 001~8 000 定价:39.80 元

目　录
CONTENTS

CONTENTS

CONTENTS

序：洁尘的朝廷

□麦　家

数年前，我跟洁尘刚认识不久，她送了我一本随笔集：《碎舞》。这好像是她的第二本随笔集，但对我来说，是第一本。真正的第一本——《艳与寂》，对我来说是一个传说，我经常听人说起，在各种评论文章中也时常掠见，但从没有囫囵地见到过书。当然，如果我开口要，书应该是能要到的，只是我觉得，空一块盲区，虚实相间，有知无知，于我保留对洁尘的敬意是有帮助的。所以，转而有点刻意不要了。就当它是个传说吧。我出格地以为，朋友到了“烂熟”的地步，保留一点神秘也许比多一点坦诚更有趣而有益。《艳与寂》是洁尘之于我的传说。本书，《黑夜里最黑的花》，是洁尘之于我的又一个传说。因为，迄今为止，我只是从E-mail上看到几千字，它们是这本书伸出的一个手指头。不知是洁尘有意迎合我，还是我对洁尘文字的迷恋使然，我完全被这几千字深牢地吸住、迷乱，感觉是凑在一个闪烁的金手指前，满面痴相，心里亮堂。当然，这个金手指，是长在泥人还是金像身上，目下尚属“传说”。有人说，他对葬礼的热情远胜于婚礼，理由是他相信：葬礼他最终会有一份，而婚礼不一定。借此而言，《黑夜里最黑的花》，是不会成为我的传说的，因为我相信，这本书，本人终于是会有一册的。我倒希望不要有，但不可能。不可能的事最好别去指望，否则就有些弱智。我在文字里总喜爱扮个智者相。所以，我要求自己有个“智慧的愿望”。是这样的：我希望洁尘尽快送我这本书，同时我更希望，已有的“金手指”是长在金像身上的。我还自大地以为，这种可能性极大。

我的自大不是盲目的。这是一本有关电影的书，类似的文章洁尘已经作了许多，相继出版了《华丽转身》和《暗地妖娆》两本专集。两本我都是愉快地读了的。或者说，是给我的阅读留下了愉快的记忆的。记忆犹新。我早有结论：现在读书是件冒险的事情，因为烂书太多。看烂书，像吃坏苹果，吃出一条虫，或一嘴农药，魂都要吓走，谈何愉快。我以为，一册书给人愉快，这本是基础的要求，但现在基础似乎变成了顶级。十年前，我消遣时间的方式是，一半花心，一半读书，现在人到中年，有妻有子，花心是不敢了，所以读书的时间是成倍地增加了。但说真的，我确实很少读到给我愉快的书，大概十本中有一本吧。这个比例小得可怜，而如果没有洁尘的赠书，这个比例恐怕还要可怜。我是说，洁尘的书总是能给我带来愉快，不知这中间有没有夹杂朋友的情分。也许情分是免不了的，但老实说，洁尘的书是美的，聪明的，灵动的，有趣的，有温度的。都说慢功出细活，作家高产就像女人多产，多子不一定多福。说白了，就是说，高产的作家难能有好品质的东西出世。但是，洁尘似乎破除了这个常数，她一边是源源不断地出书，一边又是好评如潮，像可口可乐，或者瑞士钟表。有人怀疑是她夫君做了谍报工作——献身不留名，有人赠她一个吓人巴碴的称谓：女巫。因为太熟悉她夫君的德行——一个彻底闲适之人，决不会干“谍报”这种傻事，所以，我倒是越来越亲近后一种说法：一个女巫。既是女巫，有些超常之举也就没什么好惊诧的。事实上，生活中的洁尘不乏女巫之迹象，她常常轻易地把我紧咬的牙关撬开，把我深藏的秘密一言道破。但是，作为女巫，洁尘额头上少了两到三道皱纹，牙齿和肤色也稍稍显白了一点。我以为，女巫是应该有女巫的生色的，额头上有皱纹，脸皮发青，牙齿獠龇，这是最少不得的。所以，说她是女巫，也只能是“写字的女巫”而已。

写字的女巫，这两年似乎是嫁给了胶片，洋洋洒洒地看胶片、写胶片，满嘴多舌的大导演、名演员，以致我萌生了一个观念：电影也是有药性的，洁尘是电影的瘾君子。她新近的一部长篇小说，书名叫《中毒》，或许正是她电影的毒性发作时而有的灵感。我得承认，这是部不错的小说，两个像洁尘那样痴情电影一样地痴情单相思的女人，她们的情爱故事，她们的生活痼疾，她们的心理病症，古典的情怀，现代的情感，有点小资，有点仿佛。小说本身没有问题，问题是小说出生的时间，这个时间，众所周知，洁尘已经嫁给了电影，那么电影之外的东西，都是体制外的东西，是守着朝廷想江湖，说穿了，是偷情。偷情就是这样，往往只能在“暗地妖娆”。不过，我喜欢换个角度来讲，就叫“锦上添花”吧。

有一个话题是蓄谋已久要说的，它几乎成了我与洁尘之间的一个“间隙”，硌得我们偶有疑虑。是这样的，洁尘送我的第一本书即《碎舞》，我是格外的器重，还没有读完，就开始作文。文章写好了，寄走了，刊物的答复是“留用”。却是久久不用，直到刊物相关的栏目取消了也不用，通知我“另攀高枝”。而此时的我，已经十分歧视此文，断然决定弃之不用。歧视有两个原因，一个是其间洁尘已经又出新书三卷，它的美言颂词已大为失色，甚至有隔靴搔痒之嫌。不过，这还是次要的，关键是那时的我，刚入成都文人圈，地皮没有踩热，有点独行侠的感觉，天不怕地不怕，为抬举洁尘，不惜作践别人——当然肯定是名人。我至今记得那文章的开头：

在读《碎舞》之前，我一直以为成都的作家中，随笔写得最好的是××，但读罢《碎舞》，我要修正一下自己的观念，××只是成都的男作家中随笔写得最好的……

就是以这副嘴脸开始，又以这副嘴脸结束，肆无忌惮，无拘无束，倒是勇敢，但也不乏鲁莽。时过事迁，我已经踩热了地皮，独行侠混入了人群，侠气荡然不存，自然是歧视旧作了。我还在想，那刊物恐怕也是把我的侠气当做傻气看了，所以“久久不用”。不用得好！跟朋友有间隙总是有机会破除的，而有些间隙是要跟时间一道长大，甚至分裂成一条峡谷。还是让我的生活中少些峡谷吧。我自己在这样努力着，有时，洁尘的文字也在这样帮我努力着。内心愉悦是一种力量，可以使你的生活变得圆满、扎实。我相信，本书的出版等于我内心多了一份愉悦的可能。

2003年9月10日于成都罗家碾

钢琴为谁而弹

锦与花

一个哑女人，带着她的女儿，带着她的钢琴，再嫁到了海边的一个村庄里，与一个乡绅成婚。村庄在山上，哑女人、女儿和她们的行李都能到达新的家，惟有那座钢琴翻不过狭窄的山路，被留在了海滩上。用木条钉死了的外包装没有拆开。哑女人时不时翻过山岭跑到海滩上，从木条的缝隙伸进去掀开琴盖，合着波涛声弹奏起来……

这是澳大利亚电影《钢琴课》(THE PIANO)。看了有好几年了，还是清晰地记得哑女人弹起钢琴时一张忧郁的脸骤然明艳起来的那个场景。琴声悠扬，远处白浪翻滚，有低飞的海鸟在画面内外进进出出。

也许，任何一个处于悲苦境地的女人，都还是有一种东西可以让她快乐，让她美丽。对于这个哑女人来说，这个东西就是她的钢琴。当然，这样的一个东西是太奢侈了点，它不能被她现在的生活所容，连一条让它进入的路都没有。

想像一下她当初获得这种奢侈快乐的那种生活——家境不错，家教不错，家风不错。年轻时她很清秀，说不定还有一副悦耳的声音（十哑九聋，十聋九哑，她一定是因为什么事故失去了声带）。她的初婚一定也还不错，

《钢琴课》

这可以从她美丽聪慧的女儿身上反推过去。然后，一切都变了，变成一种从前难以想像的模样。爱情没有了，只有生计；舒适没有了，只有为生计挣扎的艰辛；连音乐也没有了，要获得那点短暂的快乐，得踩着稀泥翻过山路在寒风中去与钢琴约会。

如果能对生活重新做一个设定，她一定不愿再选择这种奢侈的快乐。弹奏钢琴，对于人生而言，永远都是一种锦上添花的东西。“锦”既毁，“花”也就是一种痛苦了。

我们谁能说清楚自己会遇到什么？我们谁能保证自己肯定不会遇到什么？

选一个简易的快乐方式吧。比如，看人家的书而不是一定要写作，听人家的歌而不是一定要自己唱，欣赏别人的画而不是一定要自己动笔。让自己成为一个观看和倾听的人，幸运过一个思考和创造的人。最好就是让自己拥有一个农夫的快乐——听青苗拔节看金穗累累，就能获得人生最大的快乐。

快乐越简易，生命越顽强；快乐越奢侈，生命也就越发不堪忍受——这些说法多贫弱，多怯懦啊！但是，像我们这样的普通人，还是有实际好过有勇气。漫漫人生，我真的害怕。

其实，所谓简易的快乐也不容易。法国电影《美得过火》中的德帕迪约，总是在各种场合听到肖邦的钢琴曲，它让他觉得奇妙又觉得心慌。影片最后，他失去了一切，踯躅街头，又听到了肖邦的钢琴曲，他终于忍无可忍大吼道：“肖邦，你真他妈让人痛苦！”

母与子

《钢琴师的灵欲乐章》(PASSION)说的是这样一个故事：派西是一位才华横溢的钢琴家，他恣意地按照自己的方式生活，完全不在乎世俗的眼光。他是一个淘气的坏蛋，一个温暖的朋友，一个受到保护的人，也是一个孩子。派西和他母亲罗丝情感甚笃，甚至在别人眼里，这对母子有乱伦的嫌疑。当美丽的女钢琴家凯伦出现后，母子的世界发生了变化。罗丝一方面害怕失去儿子，一方面又希望派西在爱情的滋润下可以结束自我鞭打的怪癖。派西陷入了难以自拔的矛盾之中，他无法离开母亲独立生活，但他又离不开凯伦的爱情……

《钢琴师的灵欲乐章》

这部电影中，钢琴不是重要的，重要的是由钢琴联系在一起的三个人：母亲，儿子，情人。

音乐是最高艺术形式，它比绘画、文学、电影都要高，它最高难、最纤微、最脆弱，也最直捣人心。从事音乐的人，比从事其他艺术创作的人更容易远离正常生活。他们更像人尖子，嫩嫩地从人堆里被掐出来，吹弹欲破；他们更容易比常人沉陷在亲情和爱情里，也更容易被亲情和爱情伤害。有的时候，他们像孩子一样，没有区别亲情和爱情的能力。小孩子爱母亲或者爱父亲，那种甜蜜和依赖，就是小孩子自己的爱情。恋母情结或恋父情结，在很多人身上都有延续，并在成人之后影响着他们的择偶标准；而在好多搞音乐的人尖子那里，他们将这种情结延续终身。从某种程度上说，这种混淆也是他们的灵感所在。音乐的魅力就在于它的不确定性，它的混沌和模糊。

而从母亲的角度来说，儿子永远长不大，永远无法离开自己，这中间甜蜜更多还是苦痛更多？我儿子那张娇嫩的小脸经常让我看得出神，无比享受他把这张小脸贴在我脸上的感觉。说真的，我害怕他长大离开我的日子。

阿根廷大作家博尔赫斯几乎一辈子都没能离开他的母亲，六十多岁时还由母亲陪同出外讲学。他的代价是一生都没有正常的爱情生活和家庭生活。直到母亲去世后，他才和日本裔女子儿玉结婚。而儿玉，基本上成为他的第二个母亲。对于博尔赫斯来说，这种人生是不是一定就比其他的“正常”人生更不幸？对于博尔赫斯的母亲来说，是不是会比其他“正常”的母亲更幸福？且还不说儿子与她分享的巨大荣誉。

在《钢琴师的灵欲乐章》里，将“异常”和“正常”并置在一起，所以那么挣扎。在这里面，我看不到答案。也许，没有答案，或者，答案一点也不重要。

行与飞

还是在《美得过火》(TROP BELLE POUR TOI)里，德帕迪约的儿子说：“爸爸，我要学音乐。”德帕迪约抱起儿子，说：“孩子，音乐会伤你的心。”

音乐是会伤人心的。凡是能打动你的东西，一定也是可以伤害你的东西。

在《闪烁》（又译《闪亮的风采》）一片中，那个钢琴家逃到了疯人的行列里，原因之一是跟父亲之间的斗争（跟一个自己爱的人斗争，最后逃到一个痴狂的境地，也许是一个比较好的结局），还有一个更为重要的原

《美得过火》

因，是他被音乐、被他的钢琴伤了心。

看了《闪烁》，我对钢琴家的扮演者乔弗利·拉什佩服至极。他因为这个角色获得了奥斯卡影帝头衔。他铭心刻骨地传达出那种心被伤害的感觉，因为爱得太过专注、太过用力（对父亲，对钢琴）而不得不用痴狂把自己从爱的深渊中搭救出来。

记得电影中有一段：大雨天，拉什浑浑噩噩、高高兴兴地走在街上，全身透湿。然后，他进了一家饭馆，坐在了钢琴前，叼着一枝烟，顺手弹起轻浮的小曲，逗得顾客和老板喜笑颜开。对于一个少年时就在父亲的严逼下弹奏拉赫玛尼诺夫作品的钢琴家，这些小曲让他多么高兴多么轻松啊！比起严肃伟大的高难度的拉赫玛尼诺夫，这些小曲不是爱，而像一种调戏。调戏怎能慰藉心灵？所以，离开饭馆后的拉什想念他的父亲，想念那些被拉赫玛尼诺夫作品逼得窒息的日子。

我曾经看过关于歌剧女神卡拉斯的文章。成功后的卡拉斯对母亲的感情非常复杂：她怨恨母亲，在母亲的严厉约束下，她可以说是没有童年和少年，一切都被音乐包围、左右；她也非常感谢母亲，母亲让她领略到艺术顶峰的壮观景象和站在顶峰处的巨大的幸福。

《闪烁》中，钢琴家最后还是回到了钢琴中。只有在钢琴中，在音乐中，他才有飞翔的感觉。

生来就有翅膀的人，累的时候倦的时候，会在地上走走，但最后还是要飞起来才会幸福。

2002/1/20

天使爱美丽

一个喑哑的男声在法国电影《天使爱美丽》（AMELIE）的开头旁白道：1973年的某一天，发生了这件事，又发生了那件事，这个世界在这一天发生了若干大事小事；也在这一天，在法国，一个医生的精子和一个小学教师的卵子结合在一起，形成受精卵，从此，一个叫艾米莉的女性生命的旅程开始了。

这样的开头太隆重了吧？这会是一个什么样的不同凡响的故事？这个叫艾米莉的女人会是一个什么样的人物？她伟大吗？邪恶吗？会伟大或邪恶得足以改变人类进程吗？

艾米莉是一个非常普通的法国女孩，在咖啡厅当女招待，性格羞涩，平时喜欢沉溺在幻想中，还喜欢打水漂和把手插进米口袋里的感觉。在戴安娜王妃出车祸的那天，她偶然在自己家的浴室里发现以前的房客留下来的东西，那是一个小男孩的宝贝铁盒子，里面装着玻璃弹珠、画片之类的小玩意儿。艾米莉由此给自己的生活找到了一种意义——从归还这个盒子开始，给人们带来美好。她找到了现在已经是祖父的当年的那个男孩，把盒子还给了他。她还帮助了其他很多人——过街的盲人、被雇主欺负的伙计、长年患病不能出门的老画家、怀念死去的丈夫不能自拔的女房东、咖啡厅里两情相悦的中年男女，等等。最后，艾米莉得到了爱情。

法国电影经常有让我叹为观止的感觉。不是说它们有多完美，而是因为别致和独到。像《天使爱美丽》这样的故事，放在其他国家的电影里，肯定就会是另外一种味道。而由法国导演让－皮埃尔·热内讲来，它就像阳光的光斑在树叶间闪烁跳跃，既清新可人又恍惚迷离。热内 1991 年以《熟食店》名噪国际影坛。之后，像所有出了头的电影才子一样，热内被好莱坞招至麾下，拍了《异形4》，引来一片倒彩。因为这次失败，热内幸免被好莱坞同化，回到法国专心筹备他的心爱之作《天使爱美丽》。这一次，他大获成功，成就了一部被各方人士誉为“堪称完美的电影”。

故事越简单，如何讲述就越重要。《天使爱美丽》的故事极简单，我曾经听过这样一个说法，说它讲的是“法国活雷锋”的故事（当时《东北人都是活雷锋》那首歌闹得正厉害）。当然，这种说法有点八卦，但想来也很贴切。一个几乎完全由美好的细节组成的故事，要有艺术深度，要能让人怦然心动且久久回味，殊为不易。我们都知道，相对于人生的明亮和温暖，艺术这东西在表现人生的灰暗和寒冷方面要更拿手一些，更易深刻和有力量。相比那些宏大的主题，《天使爱美丽》显然是一个温馨小品，它很容易被做成一碗感人的但也是平庸的“心灵鸡汤”，但是，导演热内的才华阻止了平庸的可能性。热内说：“我不会给观众足够的想像余地，我只想把我的想像力强加给他们。”应该说，这个蛮横而有趣的企图在《天使爱美丽》里面是完全实现了。法国有诗意现实主义电影的传统，代表人物为马塞尔·卡内，代表作为 1938 年的《北方酒店》；《天使爱美丽》在继承了诗意现实主义传统的同时，加入了很多神奇的因素，因此也可称其为法国的魔幻现实主义电影。

"...guaranteed to put
a smile on your face..."
--BBC
"...a welcome burst of
Gallic good cheer..."
--Chicago Tribune
"...an absurdly labor
intensive piece of fluff..."
--CNN.com
"An Oscar nom for this
import...is a sure thing."
--E! Online
此片被選爲
愛丁堡電影節
開幕電影
受美國影評人協會
頒發
"全年最佳電影"大獎
Le Fabuleux Destin
d'Amelie Poulain
天使愛美麗
她决心尋找"珍寶"的主人，

《天使爱美丽》

我特别喜欢这部片子里关于“鬼魂”的讲述。艾米莉经常在地铁的自动成像亭的边上遇到趴在地上掏照片碎片的小伙子。她喜欢上了这个英俊古怪的家伙。有一天，艾米莉捡到了小伙子的相册，那里面是他用淘到的照片碎片拼出来的一幅幅证件照，奇怪的是，那都是一个中年男人的。艾米莉按照相册上的地址，到小伙子打工的店去还相册，不遇。听店里的女孩讲，小伙子相册里的那个中年男人，很可能是个鬼魂或者是太怕衰老的精神病人。一个正常人不会在全市那么多自动成像亭拍下那么多肖像照。

谜底我就不说了，免得让以后看这部电影的人扫兴，觉得被人解了扣子。反正神奇的艾米莉找到了照片上的那个中年男人，也与那个小伙子喜结良缘。

艾米莉的扮演者奥黛丽·塔图的长相也可以用神奇来形容。她身材娇小玲珑，有一头浓密的黑发和一双大得惊人的黑眼睛，上嘴唇比下嘴唇厚一点，这让她的面部表情始终处于抿嘴乐的状态。她不算很美，但非常媚，是那种带有东方味道的含蓄内敛的媚。2001年，整个法国为艾米莉疯狂，称她为精灵。这部片子现在已经到达了几十个国家的观众面前。到了中国，中国人也认同精灵的说法，于是将这部直译应为《艾米莉·布兰的奇妙命运》的电影译为《天使爱美丽》。我喜欢这个译名，看这部美丽的电影，仿佛真有天使从窗边飞过。

2002/3/5

人·爱·狗

爱情是什么？这个问题好酸，回答也太多，墨西哥有一部很出色的电影，对这个问题给了一个答案：《爱情是狗娘》(AMORES PERROS)，很糙很横很无理也很有趣的一个回答。

一个男人，一个女人，一个老人，都跟狗有着密切的关系，故事未交叉的时候分别是这样：(1) 男人爱上自己的嫂子，想带她离开粗暴凶狠的哥哥，到远方开始一种新的生活。于是，男人用自己的爱犬参加斗狗比赛，赢了一大笔钱，然而，他发现这笔钱和嫂子、哥哥一同失踪了。暴怒中，男人又去参加早就说好的一场比赛，因为对方耍赖，男人一刀捅了这个黑社会老大，在其喽啰的追击中带着他的狗驾车狂奔…… (2) 著名女模特儿经常带着她的爱犬上电视接受访问。她的情人终于离弃了妻子和女儿跟她住在一起。女人春风得意驾车出行…… (3) 一个拾垃圾的老人，实际身份是一个职业杀手，更早的身份是一个大学教师。他有着美貌的妻子和可爱的女儿，但是，这一切从他因反对政府入狱之后就发生了改变。出狱后，妻子早就改嫁了，女儿已经成人并以为父亲早就死了。老人以收钱杀人为生，养了一群狗陪伴左右。这天，老人推着垃圾车走在街上……

交叉地点就在街上。男人和女人的车撞在一起，两人奄奄一息地被送

2000年第十三屆戛納電影節影評人大獎，
2000年第十三屆東京電影節最佳影片
Love. Betrayal. Death.
amores perros
una pelicula de Alejandro González Iñárritu
(Love's a Bitch)
爱情是狗娘

《爱情是狗娘》

往医院，那条狗被老人抱回了家。

从此之后的故事是这样的：(1) 男人瘸了腿，一头的伤疤。他的哥哥本来就是个抢劫惯匪，终于在一次抢劫银行的时候被警察打死。男人在葬礼上遇到有负于他的嫂子，他不计前嫌，依然邀请她和他一同去远方开始新生活，被嫂子断然拒绝。(2) 女人的大腿粉碎性骨折。她回到家里，恐惧今后风光不再，于是变得歇斯底里；爱犬掉到了地板洞里，怎么唤也不出来。女人和情人大吵大闹，情人开始想念以前的家，悔意难当。女人的腿终于还是出现了坏疽，被迫截肢以保求性命。截肢后的女人再次回到家中时，已不再是那个以美腿名噪全国的名模了，以后的生活和情感艰辛难测。(3) 老人救回了那条狗，把它的伤养好，但那条狗在他不在的时候咬死其他的狗。老人在做完最后一票收钱杀人生意之后，趁女儿外出来到她的家中，把钱留给了她，然后带着那条血债累累的狗离开了这个城市。

《爱情是狗娘》的制片人兼导演亚历扎多·因尼亚瑞图说：“我是生活在这个世界上最大、人口最多的城市中的两千一百万居民之一，这是一个污染、暴力和腐败都非常严重的城市，然而，这又是一个非常美丽迷人的城市，这部电影正反映了它的这种矛盾——对怪异和复杂精细的沉思，但归根结底，它反映了生活自身的矛盾。”

三个故事都包含了三个元素：人，爱，狗（这部电影有些版本的碟片译名就是《人 · 爱 · 狗》），将这三个元素连结起来并赋予其感官的刺激和思想的力量，应该归功于编导“对怪异和复杂精细的沉思”。在我的观感中，这部电影有一种浓烈辛香的味道，像墨西哥人的长相和食物。

拉丁美洲有一种特有的怪异、复杂和精细。在看这部电影之前，我正在重新翻看博尔赫斯的短篇小说，《作恶多端的蒙克 · 伊斯曼》的开头那段是这样的："在寥廓天幕的衬托下，两个身穿黑色衣服、脚登高跟鞋的打手在跳一个性命攸关的舞，也就是一对一拼刀子的舞蹈，直到夹在耳后的石竹花掉落下来，因为刀子捅进其中一个人的身体，把他摆平，从而结束了没有音乐伴奏的舞蹈。另一个人爱莫能助，戴好帽子，把晚年的时光用来讲述那场堂堂正正的决斗。这就是我们南美打手的全部详尽的历史。"这段写南美打手的文字，其实概括了整个拉丁美洲既残酷又唯美的特质，在《爱情是狗娘》斗狗的那些血腥场面里，也能体会到这种特质。

暴力、血腥、爱慕、背叛、厌倦、残忍、亲情、隔膜……有着如此繁杂的内容但讲述得非常清晰和流畅，《爱情是狗娘》获奖一大把可谓名副其实。它获得了2000年戛纳电影节国际评论周大奖，2000年东京电影节大奖、最佳导演奖，芝加哥电影节金果奖、最佳男演员银果奖，等等。特别值得一提的是，它同比利时电影《每个人都能成名》，法国电影《别人的品位》，捷克电影《走向分裂》一起与《卧虎藏龙》争夺2001年奥斯卡最佳外语片奖，最后败在了中国功夫手下。我并不觉得《卧虎藏龙》就比《爱情是狗娘》高超，可能只是那一年的评委对东方的虚静古奥之美更感兴趣。对于我来说，《爱情是狗娘》的异国风味肯定更有新鲜感。这些年来，像这样在技巧上有着明确的追求和贡献，同时又能这么动感诱人的电影，《爱情是狗娘》是我看到的第三部，前两部是美国的《低俗小说》和德国的《罗拉快跑》。

2002/3/7

口　红

一

一个丑小鸭，因为爱情，变成了一只天鹅。越南首席导演陈英雄的《青木瓜之味》（THE SCENT GREEN PAPAYA，又译《青木瓜的滋味》）就是这样的一个故事。

世界上的事情往往就是这样：你想要的，一直在那里，但你如果没有一双慧眼就发现不了，或者说，在神没有给你慧眼之前，你发现不了。在《青木瓜之味》里，浩民少爷所要的正是女佣梅那样的女人：恬静、温顺。可是，一个灰扑扑的女佣，哪怕拥有再多的美德又能怎样？地位低微不说，姿容还是平淡的。浩民少爷的视线里有的是女人，她们是鲜亮的小姐们，骄横而麻烦。浩民厌倦了，受了冷落的小姐也走了。梅在收拾房间时，拿起小姐遗下的一枝口红，轻柔且郑重地涂在自己的唇上——这个世界突然亮了起来，全然是因为镜子里出现了一张崭新的脸。这样一个崭新的容貌，让梅受了惊吓，她似乎明白多年来暗恋少爷那些黑甜的日子可以结束了。那些远远的注视，那些怦然的心跳，那些换上仅有的红色上衣为少爷上菜的黄昏……这一切都可以结束吗？梅不敢相信。神帮了梅一把，让瞬间靓丽起来的梅和少爷碰了个正着……结尾处我们看到，美丽典雅的梅穿

From the Director of The Vertical Ray of the Sun
《阮玲玉》张达民
《三轮车夫》萧可玲
繼《晚娘》之后又一部轟動亞州影壇的奇作.
THE
SCENT
of
GREEN
PAPAYA
青木瓜之味
又名:春天的滋味
A Story
of Bcaeuty,
passion
and
forbidderl
fruit
亞州名導陳英雄繼《三輪車夫》后又一巨作
Tokyo movie stanza
榮獲東京電影節最佳效果獎
Ax mountain movie stanza awards
榮或釜山電影節最佳劇本獎
Have the honor of acquiring the 4 13th Berlin
movie stanza Best Film gold bear prize
榮獲第四十三屆柏林電影節最佳影片金熊獎
Have the honor of acquiring the66th movie in
France the stanza the prize of the best act play
榮獲66屆奧斯卡最佳外語提名獎
世界
電影

《青木瓜之味》

着美丽典雅的国服，依偎在少爷身边，读着美丽典雅的书。

我不记得还有另外一部电影能像《青木瓜之味》那样让我对植物产生如此缠绵悱恻的爱意。晨光是黄黄的、嫩嫩的，翠绿得匪夷所思的叶子们一点一滴地缓慢从容地抖掉它们身上的露珠。晚光也是黄黄的，但有一点老，叶子们准备安息，那种气质，像一个安静舒展地度过了一天的妇人。这一切，全是用的特写镜头，一个接一个的特写镜头，很长很慢，摄影机不动，似乎听得到导演在摄影机后面喜悦的呼吸。我之所以只能说“叶子们”，那是因为它们都是热带植物，我不认识，而且，它们还有一种我不认识的翠绿。植物中的主角是青木瓜。被割断的青木瓜，茎的断面缓缓渗出乳白的浆汁；被刨开的青木瓜，里面全是黄玉质感的圆子；被炒好端上桌的青木瓜，少爷说，盐放多了。

所有的这一切，都在讲述一个少女的爱情。梅像植物一样，安静、家常、不醒目的优美，怯怯地爱着一个少爷。终于，瓜熟蒂落，少爷像爱青木瓜一样爱上她的清新和忠诚。

二

1967年，女性野心家的最佳诠释者，二十四岁的菲·唐纳薇，在美国电影《邦妮和克莱德》（BONNIE AND CLYDE，又译《雌雄大盗》）一片的开头，从邦妮的床上一跃而起，裸着身子对着镜子抹口红，眼睛里是水汪汪的冷冰冰的无穷无尽的欲望；然后，听到有人在鼓捣汽车，便从窗口探出去，晨光里，她与那个正在偷她家汽车的俊俏男人沃伦·比提一见钟情———全美国最著名的一对雌雄大盗从此结盟。

黑道鸳鸯的故事可以说是电影的一个母题。将爱情放到一个极端的环境里，其空间和前景都相当逼仄。社会生活的基本原则是要求除暴安良，黑道中的爱情结局大多需要尊崇这一原则。这像一盘规定了输赢的棋，只是看编导怎么在既定结局之前走出精彩的几招儿。《邦妮和克莱德》里面的几个妙招儿是：(1) 菲·唐纳薇和沃伦·比提都漂亮得耀眼，还有一种

《邦妮和克莱德》

诱人的邪气；(2) 无缘无故的爱和忠贞，对彼此，对“事业”；(3) 对名气的狂热追求（就像人们常说的，如果不能永垂不朽，那就遗臭万年）；(4) 也是最奇怪的一点，这对黑道鸳鸯没有性生活，因为男方性无能。这也为大盗克莱德的疯狂行为提供了一个心理学上的佐证，他用对抗社会的方式来和自己心爱的女人做爱。《邦妮和克莱德》是1967年拍的，迄今还是黑道鸳鸯片的巅峰之作。结尾处两人被警察乱枪打死的镜头让人难忘，是近乎纪实片似的死法，那种残酷、真实和破灭，给人的冲击力难以超越。

我是在这些年才看的《邦妮和克莱德》，但却发现了唐纳薇气质的源头，一种追求毁灭的气质。现在回想很多年前看的《冰海沉船》和《死亡陷阱》，唐纳薇演的犹太教授夫人和一个处于危境的母亲，都有这种摄人的气质，使得她从众多美国女演员中间出离开来，让观众刻骨铭心。她一直都像一个阴郁复杂的北欧演员，虽然长得并不像北欧人。

我没有见过唐纳薇甜蜜过。一丝也没有。

最容易在女人脸上留下摧残痕迹的“物质”恐怕就是野心了。我觉得杜拉斯、夏奈尔、波伏娃，跟唐纳薇一样，脸上都有这种“物质”。

这种面容，男人都不喜欢，有一大半的女人也不喜欢；母亲不喜欢，但男人中的例外——父亲往往喜欢；现实不喜欢，历史喜欢；生活不喜欢，小说喜欢。

三

在韩国电影《我的野蛮女友》里面有这样一段戏：女孩跟男孩一起坐地铁。对面的一个小娃娃偷偷从妈妈包里翻出口红，在地上画了一道横线。女孩跟男孩商量借机玩一个游戏：看来往的旅客是哪只脚跨过那道口

主要演員
全知賢
車太賢
전지현 * 차태현의 절라유쾌 사랑이야기
엽기적인 그녀
我的野蠻女友 1
DIRECTOR' S CUT

《我的野蛮女友》

红线。憨厚笨拙的男孩总是输，一次次被机灵刁蛮的女孩打。

在这部电影里，我听到了一段感人至深的爱情表白：那是女孩在理不清自己感情时决定与人相亲，并让男孩过来帮她参考。男孩对相亲男子说：……她喜欢写作，你要鼓励她；她的鞋不合适夹脚时，你要跟她换鞋穿；她喜欢打人，打你的时候，你要装着很疼，如果真的很疼，你要装着不疼……

爱情其实就是这么琐细，这么唠叨。爱情不是概念，不是可以分析的东西。有时候不妨静下心来想一想，他上一次帮你掖被窝是在什么时候？冬天，你是不是可以毫无顾忌地把一双冰脚伸到他热乎乎的腿上，任凭他惨叫不已？他是不是彻底急了命令你不准熬夜？没有事先告知活动，回家晚了，是不是有个人一次次打你的电话？夜深了，当你蹑手蹑脚准备掏钥匙开门的时候，他为你打开了门，并把你领到厨房餐桌前，桌上有一碗才做好的果羹？

当爱情成熟的时候，月儿弯弯柳丝飘飘没有了，因为，月已经满了，树也静了下来，一切都是明亮的安妥的踏踏实实的。你回头看他，他亲人一样的面容让你的心也是踏踏实实的。《我的野蛮女友》中的女孩真是聪明，她听完转述的那番话，扔下相亲男子就追出去了。我喜欢在爱情里有正确判断力的女人。

2002/4/29

BJ 日记

《布里奇特·琼斯的日记》(BRIDGET JONES'S DIARY，也称《BJ日记》）的影碟刚刚上市我就找来看了。之前知道它在欧美引起轰动，先是小说原著热卖四百万册，然后是根据小说改编的电影也是票房大热门。看后我感觉漠然。这跟我肯定不是一个 BJ 有重大关系。

当下女界，BJ 已然成为一个名词，它代表的是这样一群女人：三十岁左右，单身，白领，感性，迷茫，小资情调，浪漫情怀，注意体重和饮食，但有喝酒、抽烟、熬夜等不良嗜好，有同性密友，与男人的关系不太融洽，但又无比向往完美的爱情和完美的婚姻……

我想，之所以BJ 大获女人心，在于布里奇特·琼斯这个形象的确很容易在同类人群中找到契合点。这个形象的制胜法宝是她的焦虑。她不美丽，体重超重，于是她焦虑地节食、健身，而效果甚微；她工作体面，但没有成就感可言，于是她也焦虑地寻找着更好的平台；她单身，有足够的自由空间和时间，但空虚，焦虑着如何把自己从空虚中打捞出来；她对男人的要求是按想像设计的，却总是不能遭遇这样的男人，焦虑着如何才能把自己嫁出去，并且嫁的出发点是因为爱情。

有一个女友特别喜欢《BJ 日记》，她对我说，看 BJ，就像在看自己，

BRIDGET JONES'S
Diary
布里奇特·琼斯的日记
又名：BJ单身日记
"TWO THUMBS UP!"
-Ebert & Roeper And The Movies
"TERRIFIC FUN!"
Good Morning America

《布里奇特·琼斯的日记》

而且还知道自己过得并不算太糟糕。当然，女友过得并不糟糕，只是看BJ过的和她大致相同的日子，还时不时出丑露乖（比如，从消防滑把上滑下来，露出底裤，还被摄像机拍下来公之于众。再比如，穿着化装舞会的戏装参加平常的亲友聚会，成为众人的笑柄），心理上一下子就有了优势。这就是BJ这个形象的覆盖力——她和你我一样，但比你我还要笨拙、滑稽、手足无措。

我的女友中有好些个符合BJ标准的，借现在时尚媒体对BJ概念的大肆颂扬，她们也开始以BJ自称，以BJ自嘲，但也以BJ自豪。对此，我是猛浇冷水：BJ有什么值得效仿的？如果以之为鉴，防止自己成为BJ，这才是正事。女人上了三十，总体基调应该是知性而非任性，莫名的焦虑是最大的敌人。如果开始发胖，锻炼和控制饮食当然是应该的，但也要心境坦然，要明白肚兜露脐装都不是属于我们的了；如果对工作不满意，与其向上司抛媚眼，还不如充电学习另谋出路，要知道，三十岁的眼角都不会太光洁，媚眼从这里抛出去也不是太好看的；如果在家的时间太多太难打发，与其听那些廉价的伤感情歌看那些都市情感肥皂剧把自己弄得眼泪汪汪，还不如出门旅行，领略自然的伟大和自身的渺小；如果太想结婚，那就结婚吧，找一个合适的而不是理想的男人，俗话说得难听也很实在：破锅自有破锅盖，破人自有破人爱。基本上每个女人都能找到适合结婚的对象，只要你不想入非非；然后，心平气和地过日子生孩子，从责任、义务以及居家的安宁中找到归宿。

所谓知性之美，在生活里，就是安静、平和、简单和朴素。这一切并不妨碍你拥有内心的激情和狂喜，要不，文学艺术拿来干什么？文学艺术提供的所有迷幻作用，应该在三十岁以后充分产生效果了，至于说身体力行，那是三十岁前的事情。也就是，在你所有的想像空间中，三十岁以前你可以出演，或主角或配角，三十岁以后，你就应该是观众了。

所有BJ女友听我的论调都极为不满。我知道，我这么说话多杀风景多招人讨厌。我这种说法是从平常日子出发的，而要把每一天琐碎的日子过得行云流水且体面雅致，我这套庸俗的论调肯定是正确的。

看到一种说法，说《BJ日记》是从女权主义的瓦砾中产生的东西。我同意。女权主义这东西，核心当然是好的，但衍生了太多的误解，包括现在流行的“大女人主义”。我不喜欢从男权意识中看出去的“小女人”的概念，也不喜欢将女权意识扩张后的“大女人”的说法。女人就是女人，这是一个自然群体，和男人一起构成这个社会，各自担当各自的角色，这才是女权主义的要旨。这跟《BJ日记》应该具有的地位是一致的：这只是一部作品，里面有一个叫布里奇特·琼斯的蛮可爱的英国女人，一身的小毛病。她可以让你会心，也可以让你漠然。如果把她举成一面旗帜，那就很夸张了。

在写这篇稿子之前，我把某杂志上的“算算你的BJ指数”的测试题做了，结果很有趣——我是一个标准的BJ。

2002/6/7

布宜诺斯艾利斯的孤寂

对布宜诺斯艾利斯这个城市的兴趣来自作家博尔赫斯、阿根廷总统庇隆的夫人艾薇塔和球星马拉多纳，还来自一个导演，法兰度·苏兰拿斯。

博尔赫斯早年的诗集《布宜诺斯艾利斯的激情》里面有这么几句：

这座魂牵梦萦的城市

就像是映在镜子里的花园

虚幻而又拥挤

远近交汇

屋舍重叠不可企及

就在曙色

潜进所有朝东的窗口的同时

召唤晨祷的呼喊

从高高的塔台

飞向初明的天际

向这众神聚居的城市宣告

上帝的孤寂。

博尔赫斯好像对雨没有兴趣，在这本关于一个城市的抒情史的诗集里，他只在一首诗里寥寥数语提到了暴雨。

法兰度·苏兰拿斯对雨的兴趣太浓厚了。这位阿根廷影坛的大牌导演，在其近作《云》(THE CLOUD) 里面给了我们这样的一个布宜诺斯艾利斯：已经连续下了五年的雨了，铁灰色厚厚的云层一直笼罩在城市上空，城市面貌青面獠牙，每个人对云开的日子已经不抱希望。整个城市泡在雨水里，仿佛随时会酥软得坍塌下去。街道上所有的车和所有的人都在倒着走。退休的人拿不到退休金，歹徒猖獗，警察敲诈市民。这是一个绝望的城市，所有的激情似乎只凝聚在一个叫“镜子剧院”的地方，而这个剧院里的人激情的来源是为了阻止政府因建一个超市而准备拆除这个剧院……

南美一向给人一种激情和绝望交织的感觉，这也正好就是这部电影给予观众的东西。而在观众被激情和绝望拉扯得踉踉跄跄的当口，南美拿手的魔幻手法出来做些缓冲：不断出现的倒着走的车流和人流；镜子剧团的负责人兼主演为青年人讲戏时，像天使一般飞翔在众人的头顶；青年爱慕地看着美人，说一句“就这么看着你我都要融化了”，于是就融化掉，成为椅子下的一摊水……

我不知道苏兰拿斯取名“镜子剧院”是不是在向博尔赫斯致敬。“镜子”是伟大的博尔赫斯的一个玄妙意象，非常著名。他不断地用这个意象，不是因为喜欢它，而是讨厌它。在看够了苏兰拿斯片中无穷无尽的雨落到水面的镜头后，我查到相关资料，博尔赫斯在1971年说：“我一向怕镜子。我小时候房间里有三面大镜子，我特别怕，因为我在朦胧的光线下看到了自己——我看到自己变成了三个，一想到那三个形象或许会自行活动就怕

《云》

得不得了。……我一向害怕……有光泽的红木家具、玻璃，甚至清澈的水面。”

这也许就是博尔赫斯在《布宜诺斯艾利斯的激情》里面避免谈论雨的原因吧。雨总是会形成水面的，哪怕是一个个小小的水洼。苏兰拿斯的《云》里面，太多水面的镜头，令人恍惚，也令人备感孤寂。这种孤寂不是常情中的，博尔赫斯把它称做是神的孤寂。我记得有个美国记者说过一句话，说待在布宜诺斯艾利斯，会陷入一种僧侣似的孤寂当中——两个小时的《云》也给我同样的感觉。

2002/6/19

无主之地

我在网上看到2002年奥斯卡最佳外语片，波斯尼亚电影《无主之地》(NO MAN'S LAND) 的导演丹尼斯·塔诺维奇的一段话，他说，战争画面“让我变得冷漠，感到痛苦和无助。这种冲击就是我试图通过电影所重新制造的。一边是漫长的夏日中美丽的自然和浓烈的色彩，一边是人性中黑暗的疯狂。而这个炎热漫长的夏日就反映了电影本身的氛围。行动如此沉重，思想难以捕捉，时间缓慢流失，张力潜藏着又始终在场”。

这段话如果作为导演的阐述，可以说，《无主之地》还原了导演的初衷。同时作为这部电影的编剧，塔诺维奇并非望着风和日丽的好莱坞日落大道凭空制造出这个剧本的。是有这样凭空攒出来的剧本，并拍成了电影——好莱坞有过同样是波黑战争题材的《深入敌后》，比起《无主之地》，这种好莱坞的货色真是可笑。塔诺维奇在剧情片处女作《无主之地》之前，曾在前线拍摄过三百小时的战争记录片，在欧洲各大电视台播出，影响甚大。他是一个直接目睹战争的人，是一个亲眼见到子弹如何穿过血肉身躯、炮火如何撕裂青春肉体的人。塔诺维奇比一般的亲历者更痛苦的是，这是发生在他的祖国的事情，而且，这战争毫无意义。

在我们的记忆里，南斯拉夫是个非常美好的国家，它是通过《瓦尔特

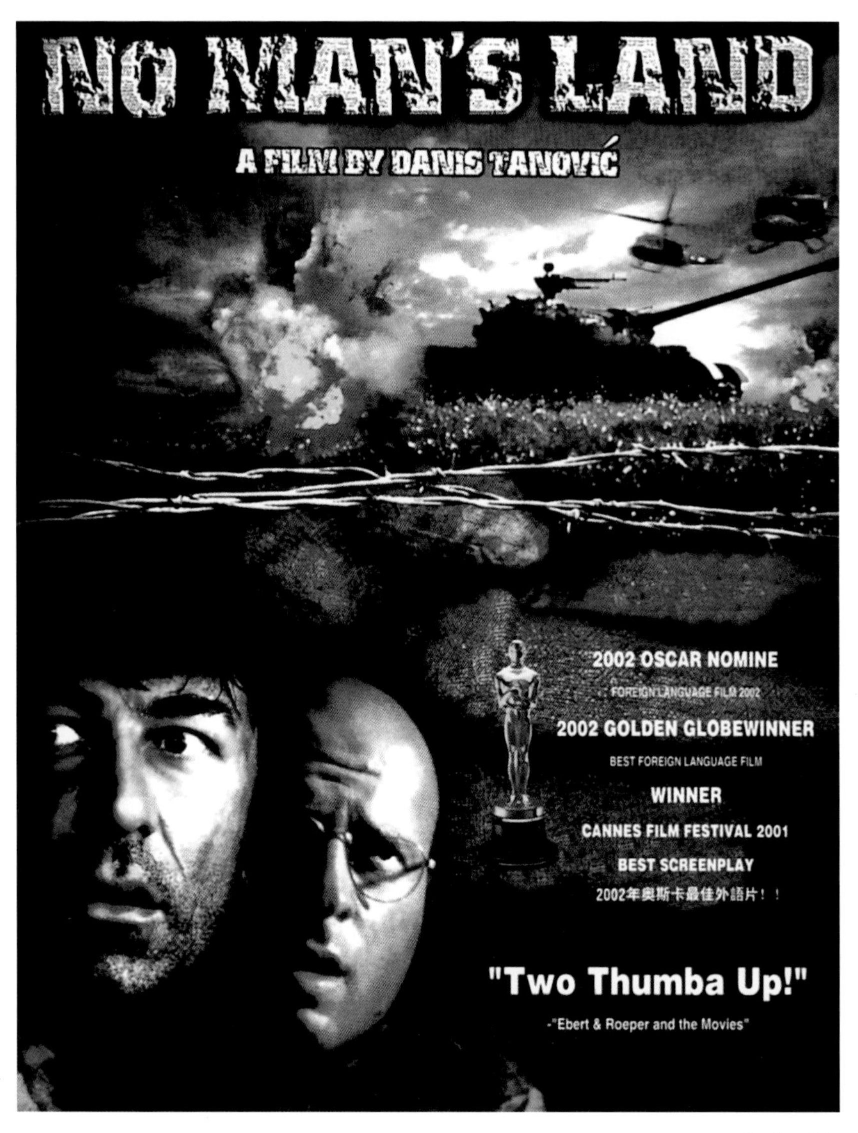
NO MAN'S LAND
A FILM BY DANIS TANOVIĆ
2002 OSCAR NOMINE
FOREIGN LANGUAGE FILM 2002
2002 GOLDEN GLOBEWINNER
BEST FOREIGN LANGUAGE FILM
WINNER
CANNES FILM FESTIVAL 2001
BEST SCREENPLAY
2002年奥斯卡最佳外語片！！
"Two Thumba Up!"
-"Ebert & Roeper and the Movies"

《无主之地》

保卫萨拉热窝》《桥》《临时工》这些电影走近我们的。这个国家后来分裂成一块块碎片，战乱连绵，一直没有消停过。现在，我们通过《无主之地》，也从电影的角度再一次走近这块土地，透过塔诺维奇的眼睛，我们看到对媒体的尖刻讽刺，对联合国维和部队的质疑，对战争意义的反诘。这里面，没有任何庞大的意义和所谓的历史必然，有的只是盲目的仇恨、短视的政治、民族的灾难以及生命的悲剧。

《无主之地》里面有一段戏，克罗地亚士兵西基向塞尔维亚士兵尼诺提到曾经喜欢过一个塞尔维亚女孩，说着说着，两人发现这个女孩居然是尼诺的同学，而且从口气上听得出，尼诺也曾喜欢她。这么温情的一段却没有阻止这两个人的互相残杀。而且，两人之间从头到尾自己也无法解释这场战争是怎么发生的，根源在哪里，而自己，为何献身于这场不明究竟的战争。即便是相互残杀，如果作为情敌，也算是有个说法了，而他们却是因为盲目的种族仇恨彼此断送了性命，这实在是太荒谬了。

塔诺维奇将这部悲惨的电影处理成黑色幽默片。大片大片雪亮炽热的夏日阳光下，一切都显得眩晕、荒诞、滑稽和不真实。但，这才是真的现实，令人惊骇的残酷现实。在这个世界上，为什么会有那么多人要如此毫无意义地死去？如果思考这样的问题，就仿佛思考宇宙为什么会是无穷的那样，人会被虚无压垮。

《无主之地》的结尾给人的绝望打击是巨大的。电影经常让我们暂时离开这个现实世界去做做美梦。而塔诺维奇又用电影把我们拉回来，告诉我们，这个电影是残酷的，但现实比电影还要残酷。

2002/7/4

一个小城　两个春天

《小城之春》是李天济写、费穆导的，拍摄于1948年。关于这个故事，资料上概括得很清晰，在此抄录一番："第二次世界大战之后中国南方的一个小城里，乡绅戴礼言和他的一家，太太玉纹，妹妹戴秀，还有老仆，面对着战后家宅破败的局面。太太觉得生活无聊，与丈夫分床而居。小妹觉得未来无量，要走出小城。一家之主的戴礼言，则身心疲惫，自觉无力振兴家业。戴礼言的旧时朋友章志忱从上海来访，却不料已为人妻的玉纹正是自己战前的情人。故事于是微妙地展开，忠信仁义与爱，错综复杂又掺入妹妹戴秀对章志忱的钟情，剪不断，理还乱。戴礼言企图以药了断，章志忱离开小城，戴秀长大成人，玉纹仍在绣花。……"

费穆版的《小城之春》一直到了1980年代才被国内外电影界重新挖掘，将之奉为华语电影中的经典之作。这种情形，对于任何一个熟悉中国现当代史的人来说，都是很能理解的。且不说建国以来的这几十年，就是在1948年，像《小城之春》这样气息落寞的作品，也是被很多左派人士诟病的。我不知道关于《小城之春》的大规模赞美具体是从什么时候开始的，但就导演田壮壮来说，他把这片子看了"无数遍"，听说，他总要选一个黄道吉日，沐浴焚香，然后，对着《小城之春》唏嘘不已……这片子被很多很多的人一说再说，说得它毫无瑕疵，俨然一巅峰作品，不可超越。这种话语态势也影响了80年代曾说过“我的电影是拍给下个世纪的人看的”的田壮壮。当时，拍了《盗马贼》和《猎场札撒》的田壮壮，一腔壮志豪情，可惜回声寂寞，说那些话，也是愤激之言吧。我模糊记得，当时有报道说，是《盗马贼》还是《猎场札撒》，在全国只卖了一个拷贝。

《小城之春》(1948)

“下个世纪”很快就到了。十年没有拍片的田壮壮，2002年的复出之作是翻拍费穆的《小城之春》。这回，我们听到田壮壮这样说：“那儿有一张画你临摹去，那是精品，你临摹的再好也是赝品。”“不想赢，也没有可能赢，跟费穆。”

田壮壮是1952年生人。1980年代中期，他三十出头，火气正是大的时候，那时候他的东西跟他的名字一样，“壮壮”的；拍《小城之春》是2001年，公映是2002年夏天，这时的田壮壮，五十岁了。他对费穆的态度让我们感觉到一个人不惑之后知天命的谦恭之心和敬畏之意。

一个艺术家的火气退掉了，才气以一种合适的方式呈现出来，这个时候，他的厚和静，湿润和柔软，也就呈现了出来。看田壮壮版的《小城之春》，我是惊喜的。

应该说是意料之中的惊喜。有费穆的原版做底，加上华语电影的重量级阵容：阿城的改编，李少红的监制，李屏宾的摄影，叶锦添的造型，更关键的是，导演田壮壮十年磨一剑。《南方周末》先前有评论，说这个组合对于一部投入六百万元的小制作来说，可谓“奢华”。说得正是。这样的一部电影，如果要拍出水准线以下的东西来，那倒算是一个奇迹，所以，对于它的好，我是有足够的心理准备的。

但还是惊喜。

我买的《小城之春》的影碟版本很好，四张碟，收有费穆版和田壮壮版两部《小城之春》，很方便将之对照着看。

对照之后，我的观感是：田壮壮对费穆的《小城之春》完成了一次提升。

当然不能说是超越，这一点是很清楚的。因为，田壮壮这次不是原创。

就像我们不能说谁拍了《红楼梦》且“超越”了《红楼梦》。但就《小城之春》同样材质的两部作品来说，田壮壮版更圆熟、更颓废、更寂寞、更能击中人心。

电影这东西，跟小说是一样的，在故事本身的支撑完成之后，如何讲述就显得非常重要了。40年代末费穆能拍出《小城之春》这样精致的电影是很难得的，它在电影语言上的超前性使得它的价值在四十年后才得以凸现。但是，我们现在回头看过去，费穆的贡献更多的是一种开创性的贡献，但并不一定就能将之放在当下作为一个标杆。费穆版《小城之春》还是没有摆脱那个时代的电影“文明戏”的基本味道，在今天我们观众看来显得生硬和隔膜，很难进入。电影已经一百岁了，现在的电影语言已经越来越纯熟，越来越复杂，当然作品不一定是越来越好，但技术是越来越好了。所以，现在的田壮壮比五十年前的费穆更了解电影本身，更能把电影这东西玩得好，这也是情理之中的。

但是，田壮壮还是太谨慎了。他的《小城之春》，用的费穆的进口和出口、费穆的次序，还有很多费穆的台词。我想，如果田壮壮将这个故事以他的方式重新演绎一次，如何？说不定另有效果。

如果说田壮壮对于《小城之春》除将黑白影像变成彩色影像这个工作之外还做了什么的话，那，首先就是改变了影片的视角。

《小城之春》费穆版更多的是女性视角，通过女主角玉纹的旁白实现这个视角意图。这个旁白是有口皆碑的，很具文学色彩，有一种冲淡的古怪，比如这段：“他说他有病，我看他是神经病。我没有勇气死，他好像是没有勇气活了。”再比如，“推开自己的房门，坐在自己的床上，往后的日子不知道怎么过下去。一天又一天地过过来，一天又一天地过过去。拿起绣花绷子，到妹妹房里去吧”。这些旁白支撑住了这部以场景而不是以故事贯穿下来的电影。而且，这些旁白帮助了观众从玉纹的角度来看待并理解所发生的一切。

田壮壮版抽掉了旁白，将旁白所要表现的内容揉进情节的推进和演员的表演里面，这中间的视角已然发生了变化，从比较单纯的女性视角转化

《小城之春》(2002)

成旁观者视角。这个视角没有性别之分，泛泛地讲，它可以说是一种知识分子视角。而在中国电影里面，知识分子视角是比较罕见的。在第五代导演的领军人物中，陈凯歌是大文化视角，经常“大”得让人憋气；张艺谋是伪民俗视角，经常“伪”得让人发笑。第六代导演里面根本连这些东西都没有了，他们因为使命感的缺失，所持的通通是个人视角。这对于电影作品来说当然没什么不好，说不定很好，但他们除了比较容易引发一部分观众的情感共鸣之外，很难获得具有时代意义的文化上的认同。田壮壮的东西以前就不说了，单就这部《小城之春》来说，他获得了一种比较地道的知识分子视角。他很冷静，同时又有一种克制住了的深情，有悲悯，有无奈，但不渲染，不过分推敲。这里面，有一种中国知识分子非常认同的无常观和宿命论在其中。

田壮壮版的第二个改变就是镜头。这个改变是提升原版的关键。新版里面特写很少，主要是中、远景，还有不少长镜头。有凝固的感觉，有年代的感觉。对于一个40年代的故事，我们其实也融不进去的，当时的冲突、挣扎、伤痛，在五十年后看来，基本上没有切肤之感，但是，那种旧、那种陌生，可以一下子击中我们内心柔软的地方。一方面，怀旧是我们现在每个人都染上的毛病，另一方面，人生不过如此，任何时候情爱的关隘都是一样的，谁都不可能轻盈地越过。

田壮壮在这个片子中很少用特写，他就这样，长镜头，中、远景，不怎么切换，也没有什么要刻意强调的神情。他有时像在摄影机后面入了定，发了呆，痴痴地看着面前这个绮丽清寂的故事。我们似乎听得见他的呼吸声——醒着的、尽量轻的、生怕打扰了别人的那种呼吸。我热爱这种呼吸声，这是我以前在内地电影里面没有听到的，现在它终于出现了。

第三个改变是人物感觉上。原版中的玉纹有一种暗地里的风骚味道，长得也艳了点，跟小城不太合拍，但和寂寞合拍。新版中的玉纹面容素静，甚至有安详的感觉，但脸上有波澜，透过去看也可以窥见她心里的不甘，跟整个片子那种事端起但最后归于平静的整体氛围很配合。如果将这两个女主角作个比较，原版韦伟的玉纹，一看就是要出乱子的女人，新版胡靖钒的玉纹是那种一看就不会有事的女人。对于《小城之春》来说，说不出哪一个玉纹更好，但如果要说女人寂寞，韦伟似乎更像那么回事。艳与寂是最搭配的，结合出来的是一种幽玄的味道。

另外就是章志忱的扮演者——原版的李纬和新版的辛柏青。两个人的气质很不一样：李纬比较阴郁一点，野性一点，专注一点；辛柏青的外形按现在的说法，偶像化倾向重了点，气质性格的表现上显得过于暧昧了一些，比李纬温暖，但也比李纬轻薄。这两个人物也不能说哪一个更好。对于观众来说，两个不同味道的章志忱，当然是喜欢的，仿佛将两个不同的男人放入同一个境遇里，看他们如何处理一团乱麻。最后，两个男人都只好一走了之，因为他们都是好男人。他们扔了一段旧情，也丢了一个老友，说是落荒而逃也不为过。这样的遭遇不仅是狼狈，更多是凄惶，进而成为一生的隐痛。

明显好的是新版中吴军的戴礼言。不是说他比原版中石羽的戴礼言演得好，是田壮壮把这个人物设置得更好。从新版戴礼言身上可以想像一番人生衰败的过程，可以想像这个人曾经的希望和理想，曾经的活力和曾经的魅力。他长身玉立，诗书盈怀，胡须后面是一张清秀的面孔，可以想见，新婚的玉纹曾经怎样地喜欢过他。他是很有品质地活过的，现在，未老先衰，但心又没有死掉，所以，他的神经质就特别有说服力。这也是一个好男人，所以，好女人玉纹最后还是留下来，而且是心甘情愿地留在他的身边。

在我看来，这三个改变真正成就了一部田壮壮的《小城之春》，而不是一部由田壮壮翻拍的彩色版的《小城之春》。

如果说有什么地方让人觉得有点别扭的话，那就是对白了。原版的对白是40年代特有的味儿，有种“戏”的感觉。这种对白当时观众不觉得奇怪，因为所有的电影都是这个味儿。电影嘛，也是演戏，戏里面哪能像平时说话呢，拿腔拿调是应该的。这种对白在今天的观众听来，也不讨厌，反而觉得有意思，又过了一把怀旧的瘾。新版的对白多少延续了原版的味道，对白太流畅，太文通句顺，太显得像台词了；三个主要演员都是戏剧学院出身，台词功夫好，吐字清晰，没有字幕也让人听得清清楚楚。我倒是觉得，对白如果迟疑一点、嗫嚅一点，倒更符合满怀心事无以言说的三个人。可以打上字幕帮助观众。不知道田壮壮是排斥字幕，还是就喜欢这种调调？

姜文评价田壮壮这部电影有一句话特别好：“这是一部很有做派的电影。”“做派”这个词非常传神。这是一部“做”的电影。但这个“做”和陈凯歌的“做”不一样。《霸王别姬》之后的陈凯歌做得让人难受，让人心里堵得厉害；但田壮壮的这次“做”却拿捏住了一个合适的分寸，你知道他在“做”，他不是浑然天成，但你会喜欢这份“做派”，因为他“做”得高明且自然。这种做派也可以理解是一种考究，一种打磨，也是一种境界，这种境界叫做哀而不伤。

我对田壮壮版的喜爱还有一个因素，他没有把这部电影拍成一部所谓的“爱情”电影。他讲的是人生况味。与“人生”相比，“爱情”这个东西就太幼稚太单薄了。我记得前段时间媒体报道，北京电影学院七八级聚会上的各种“八卦”奖里，“最沧桑奖”给了田壮壮。这倒是很恰当的。新版《小城之春》里面就有一种温存的沧桑和清冷的妩媚，像很久才开的一种花开在夜里。按通常的说法，田壮壮是躲到一边磨了十年的剑，现在，剑拔出来了——但是，我没有看见剑，我看见的是一朵花。

2002/8/5—8/7

海上生繁花

我看《国语海上花列传》是在好些年前，记得是在休假期间。想来也是，如果不是休假，也不太可能有耐心看这本小说。这部书是上海古籍1995年8月版的，上下两册，分别是《海上花开》和《海上花落》。原著是韩子云用苏白写的，国语版是张爱玲注译的。

这段时间休假，那种闲来无事的美妙感觉又来了，于是找出新买的《海上花》DVD影碟来看。以前买过VCD，是修正版的，看了十分钟就忍受不了了。我想，如果不是休假，如果不是有这部效果很不错的DVD，我也不知什么时候才会定下神来看这部“闷”得人发昏的片子。

说这电影“闷”，是有道理的，全是室内戏，全是夜戏，全是坐在那里用上海话说啊说啊，几乎没有什么动作。整个片子浸在昏黄之中，像浸在一汪薄薄的蜡油里面。一百年前的事，一百年前的上海英租界，一百年前的一群嫖客和一群妓女，纠缠着一团乱麻似的恩怨和小打小闹的利益之争。男男女女说来都不是什么好鸟，但那份雅致和香艳，隔了这一百年望过去，端的是令人迷醉。这就是时间的好处，它可以让过往的一切成为我们今天眺望的对象。《海上花》的构图、美工、服饰，完全是陈逸飞的那个调调，完全可以认为是“逸飞”牌油画的影像版。前几天去上海，跑到

《海上花》

“新天地”的“逸飞之家”去逛了逛，看到他摆在那里的许多蜡烛和他那些著名的画，不禁莞尔。

《海上花》的阵容是这样的：编剧朱天文、顾问阿城、摄影李屏宾、导演侯孝贤。这个组合保证了这部电影的基本品质。它很有质感，但因为影片情节上的“淡”，它的质感显得纹理非常细密，像一块不出彩的好料子。影片比原著还要“淡”，几场泼辣的戏，比如沈小红打张蕙贞，王莲生打张蕙贞等，都被“说”掉了。想来也有道理，都是些杯水风波，一笑了之，说说也就罢了。

演员阵容是这样一些人组成：梁朝伟、羽田美智子、刘嘉玲、李嘉欣。梁朝伟在这里面走的是他拿手的“闷骚”路子，也不惊奇；刘嘉玲的世故和李嘉欣的爽辣，很让人喜欢。羽田美智子饰最出戏的沈小红，跟梁朝伟演对手戏，平分秋色。日本人演中国旧式女人，有两个人很到位，一个就是这个羽田美智子，一个是《游园惊梦》里面的宫泽里惠。我觉得这片子里最优秀的演员是演老鸨的潘迪华，那份味道可谓蚀骨。这个演员好像特别擅长这类角色：老不自重，但阅历极深，各种狐媚伎俩洞烛无遗。她在《阿飞正传》里演张国荣的养母，也是这类角色，一口苏白，几个妖冶苍老的眼神，给人的印象非常深刻。

《海上花列传》是得胡适、鲁迅、张爱玲等众多大家交口称赞的文学名著。可是，正如胡适所言，它那种平淡而近自然的风格，是普通看小说的人所不能赏识的。“当日的不能畅销，是一切开山的作品应有的牺牲；少数人的欣赏赞叹，是一部第一流的文学作品应得的胜利。”侯孝贤的这部电影版《海上花》，拍竣几年来鲜有唱和者，相当寂寞，也算是他的胜利吧；不过，拍电影这件事，可真经不起几回这样的胜利。

2002/8/10

爱情万岁

台湾导演蔡明亮的《爱情万岁》是华语电影中的重量级作品，获第五十一届威尼斯金狮奖，第三十一届台湾金马奖最佳影片、最佳导演、最佳录音三项奖。这录音奖得的有点奇怪，因为这片子对话极少，近乎默片，室内戏很多，几乎没有什么背景声的要求。

三个人的戏：林小姐，售楼小姐；阿荣，地摊小贩；小康，卖纳骨塔，也就是卖骨灰盒位置的推销员。都是为生计挣扎的小人物，每个人的心中都是空荡荡的，没着没落的。三个人围绕着林小姐负责销售的一间样板房，三个人都有钥匙——小康是捡的，阿荣是偷的。阿荣和小康干脆把这里当做夜店，好歹比自己的狗窝舒服。阿荣和林小姐有一夜情的交道，都不说话，做了便完。有一次小康没来得及出去，阿荣和林小姐就进来了，他只好躲在床下面……

片名叫做《爱情万岁》，但跟爱情没有丝毫的关系。这个片名只能是一种反讽，台北的年轻人，找不到爱情，只有性欲，还有抓不着摸不到的无边无际的寂寞。在这种大雾弥漫似的寂寞里面，人与人之间的关系都是漠然的，人自身也是低温的，每个人的血都凉凉的。看到后来我理解了这

《爱情万岁》

片子为什么对话那么少——灰心的人哪有说话的兴趣？

蔡明亮应该是一个彻底的由内至外的悲观主义者。我还很少看到有什么电影像《爱情万岁》这样逼真地凸现出寂寞的质感，并把这种质感保持到剧终。这里面，非常长的镜头是一个因素。我发现，蔡明亮的很多镜头不做剪辑（也许是剪了的，只是我们这些外行看不出来），似乎就是一种还原，影像和生活本身很像。比如，林小姐独自洗浴的镜头，非常长，感觉上跟实际洗浴的时间差不多，动作上的点点滴滴，水汽不断地模糊镜子，又不断地被擦拭，人对着镜子发呆，躺在浴缸里发呆——这一切被镜头用还原的方式呈现在我们面前时，那种原来微弱的寂寞感被放大了，被强化了——是的，这也是我们。我们也是这样度过一天中的很多时间的。我们都是寂寞的。在很多电影里，女人在浴室里，对着镜子，然后用口红在上面涂抹。这样戏剧化的镜头打动不了我们。我们不会这样糟蹋口红，很贵的，日子还要继续，口红还是要用的。但《爱情万岁》里这些镜头，却捏住了我们的要害，它们如同刀片轻轻从皮肤上划过，能感觉到那种锋利和危险，能感觉到我们离痛苦很近。痛苦是容易的，也是不容易的，关键在于你是否下得了手。

片尾又是一个很长很长的镜头：和阿荣做完爱后，林小姐起身出来，走在清晨的公园里。她一直走一直走，终于走到一个椅子上坐下，然后，哭了。扮演林小姐的是杨贵媚，她有一张变化很大的脸，化上妆后非常艳丽，甚至可以说是喧嚣；褪妆后非常黯淡，也很模糊。寂寞这东西，在杨贵媚的浓妆里，浸到骨子里，又从她洗浴之后的素脸背后慢慢地洇出来。这种女人非常动人，也非常抢眼。可是，动人也好，抢眼也好，还是没有爱情。爱情万岁，但爱情在哪里呢？

2002/8/12

男人四十

中学女生爱上男老师，说来似乎有违伦常，但也是人之常情。这种女生，一般都是过分聪慧，而且早熟；这种男老师，一般来说都正当盛年，外形或气质有过人之处；这种爱，一般都是单向，都是暗恋，专门留待女生成年之后片刻恍惚之用。

在许鞍华的电影《男人四十》里，有两段师生恋，二十年前一段，二十年后一段。前一段，陈文婧爱上教国文的盛老师，后一段，胡彩蓝爱上教国文的林老师。这两段爱，跟平常不一样，不再是单向，也不再是暗恋，其后果却是天壤之别：1979 年的陈文婧因为怀孕和盛老师的退却，从此成为一个暗淡悲苦的女人；2001 年的胡彩蓝在享受这段不伦之恋的同时继续展开自己落拓不羁的快乐人生。短短的二十年，女人的命运竟有如此大的落差吗？当然不，性格使然。任何年代任何际遇，除却天意不可违，更多的时候，各自的命运都是性格使然，只是舆论环境的宽与窄有差别而已。

我不是对陈文婧和胡彩蓝的命运有更多的好奇。在《男人四十》里面，陈文婧和胡彩蓝都是林老师耀国的“配菜”。林耀国曾经是盛老师的得意门生，也是陈文婧的同班同学。他一直暗恋陈文婧，然后，从二十岁起，便承担了养家糊口的一切责任。二十年后，当他成为胡彩蓝的老师时，已经是两个儿子的父亲。“少年得意须尽欢”，这句箴言对于林耀国来说是一个讽刺，当他还是少年时，已经为人夫为人父营营劳作了。

《男人四十》的编剧岸西因为这部作品获得第二十一届香港电影金像

《男人四十》

奖最佳编剧奖。岸西的确是个高手，在这样一个简单平易的故事里，他留了两个最关键的悬念给观众：(1) 林耀国和陈文婧的长子林安然，是否就是盛老师留在陈文婧腹中的那个孩子？ (2) 林耀国和胡彩蓝到深圳朋友开的酒吧玩，第二天返回香港，他们在一起过了夜，但是否发生了关系？

在这两个悬念里，我们可以猜测故事背后的一些东西。前面一个悬念：在一起生活了二十年，陈文婧一直是个尽心尽责的妻子和母亲，但她爱林耀国吗？她对他，感恩和爱慕，哪一样更多一些？如果日久生情爱慕更多，陈文婧不会置林耀国的痛楚不顾，执意要去陪患了绝症的盛老师走完最后一程。后面一个悬念：林耀国真的爱胡彩蓝吗？他会真的爱上这个蛮横另类的女孩？如果真是如此，他不会在上课点名时恍惚之中喊出陈文婧的名字。

对于林耀国来说，经历的两段感情，一次是单恋，苦涩的，一次是诱惑，辛辣的，都不是味道纯正的爱情。这就是《男人四十》的动人之处，一次心酸但没有泪水的讲述。一个可以和同学用流行切口对话的诙谐的老师，一个将李白苏东坡背得滚瓜烂熟的渊博的老师，把这两个形象叠合在一起，是一个悲凉而强韧的四十岁的男人。俗话说，男人四十一枝花。但这部电影告诉我们，真正动人的四十岁的男人是一棵树，没有开花，也没有挂果，只是苍翠得令人出神。

2002/8/15

荒　凉

20世纪60年代以前，应该是黑白的吧；如果是彩色的，也像是以前的涂色照片，是水粉味道，摸上去仿佛会有颜色留在手指上。

意大利大导演安东尼奥尼获1961年第十一届柏林电影节金熊奖的作品《女朋友》(LE AMICHE)，黑白片，里面的人，特别是女人，个个肤如凝脂、完美无瑕，穿戴打扮都跟马上要去歌剧院似的。一群人即便到海滨过周末，也一水儿的套裙大衣高跟鞋，云鬓高耸。所以，这样的几个不动时跟大理石雕像似的女人，她们的爱怨情仇，看上去就很感隔离。她们穿得累赘但动作干脆，在爱情里面也显得黑白分明。爱情太干脆了，我们就不能享受那种兜兜转转的意趣；不能享受意趣，那我们看别人的爱情做甚?

大师的作品，一般情况下还是少说不敬之词为妙。我不是个胆大的人。只说一短句：安东尼奥尼以复杂著称，但我在《女朋友》里面没有看到预期的复杂。

《女朋友》中的几组爱情里有一组我喜欢：萨娜爱上女朋友娜娜的男朋友、画家劳伦佐，碍于友情不能投入，却又无力自拔，服药自杀，但被救了回来。后来，劳伦佐倒霉，画展失败，女友娜娜的陶艺作品却博得一

Le Amiche
Directed by
Michelangelo Antonioni
米開朗基羅・安東尼奧尼
女朋友

《女朋友》

致好评。劳伦佐生性善妒，加上本身也是一花心少爷，便和萨娜秘密交好。娜娜得知实情，与萨娜摊牌，决定退出三角恋，到美国发展。劳伦佐气急败坏，在朋友聚会上彻底失态，发疯般与人斗殴。萨娜以将来两人美好生活的前景安慰劳伦佐，但劳伦佐赌气告诉她："我不需要任何人。"萨娜心如死灰，终于投河自杀，这回成功地死掉了。劳伦佐转过头来告诉娜娜："我越是和萨娜在一起，越是发现自己更加爱你。最后我不得不把这个事实告诉她，她却承受不了。"娜娜无比怜惜地将劳伦佐的头抱在怀里，告诉他，她不会去美国了，她要一直留在他的身边。

这个结局，简直太讽刺了。男人说谎也许是一种生理需要，而女人听从这些谎言仿佛也是一种生理需要。对于劳伦佐来说，他到底更爱谁并不重要，要紧的是他需要女人的爱抚。对于娜娜来说，男人是否背叛自己并不重要，要紧的是他说自己是他的最爱。他说是，那就是，管它是不是真的是。很多女人在爱情里，只要觉得自己占了花魁就够了。

安东尼奥尼还以描写人性的荒凉著称。萨娜的死并不能击中我，倒是后面娜娜抱着劳伦佐时那张百感交集的脸把我击中了——真是荒凉啊。《女朋友》中还有一处无关爱情的荒凉——萨娜服药自杀，被救，她母亲赶到医院探望，说，你都把我急死了。老妇人边说话边掏出镜子看自己脸上的粉还匀不匀——此情此景，观众除了骇笑，还能怎样？

2002/8/17

却原来

《游园惊梦》在杨凡的作品里不算最好的，至少我不觉得比《美少年之恋》更好。但是，《游园惊梦》比杨凡以往的作品更熟练更圆润，像黄昏，一天下来，在最好且最后的时光里，唱一曲难度很大的雅歌，比如昆曲《游园惊梦》。昆曲是大雅，自然是美不胜收的，未待唱完，夜色就降临了，虽说在意料之中，却也是心有不甘。

杨凡已经老了。前段时间看他偕《游园惊梦》女主角之一王祖贤参加香港某个电影活动。杨凡老成那样我不吃惊，我不觉得他有过年轻的时候；但王祖贤也老得厉害，让我很吃惊。更令我吃惊的是，这位女主角穿得太难看，一件暗红碎花礼裙，上面吊带，下面超短，背部裸露，一身白花花不紧凑的肉格外扎眼，她个子又大，这身行头简直有点衣不蔽体的感觉。照说，王祖贤岁数不小了，老是应该的，但她老得如此破败，却是意外。这番亮相之后，王祖贤宣布息影。看了《游园惊梦》，我突然就理解她了：拍过这样的一部片子，就像穿过了一道华丽颓废的甬道，出来之后，心也就淡了。至于说那次亮相，应该是她在恍惚中的一次徒劳的挣扎——想当年，倾国倾城的容貌和身段，却原来……

却原来姹紫嫣红开遍，似这般都付于断井残垣。良辰美景奈何天，赏心乐事谁家院！朝飞暮卷，云霞翠轩；雨丝风片，烟波画船——锦屏人忒看的这韶光贱！

这段昆曲《游园惊梦》中的唱段，在电影《游园惊梦》中反复吟唱，初初听，有点饮泣的味道，再听再听，却真的是了悟的感觉。片子里唱的

《游园惊梦》

人是日本女优宫泽里惠，难为她硬记了中文戏词，口形对得很好，但说台词用的却是日语，跟另一个女主角王祖贤的国语和一些配角的苏白混在一起说，感觉挺怪异的。宫泽里惠的角色是一个昔日名重江南的伎，后来成为豪门里的妾；王祖贤的角色是这家豪门的亲戚，同宗同祖，但其家庭已经破败了。两个女人，宫泽里惠娇媚柔弱，王祖贤俊朗强悍，两人之间的恋情，在影片里被书写得很缱绻，也很含蓄。可能就是因为爱得不够彻底过于暧昧，当王祖贤遇到吴彦祖饰演的美男时，她又重新回复了一个女人对异性的欲望。

这之后的发展，故事并不特别别致——男人走了，两个女人重新依偎在一起，曾有的那段裂痕不提也罢。但杨凡的讲述是别致的——因为恍惚得不近常理，对分别和重合的理由不着一词，袅娜的昆曲唱起，精致的景色掠过，一切就如烟似云地过去了，又发生了。像国画里的飞白，用得很突兀，让人一愣，再想，可不就是如此，能多画些什么？

昆曲《游园惊梦》确为电影《游园惊梦》的魂魄，就是那种浮生如梦的感觉。梦是浅梦，一个动静人就醒过来。爱也爱得很浅，像早晨太阳下的影子，模糊的，不成个轮廓。看这电影的人也是恍惚的，“End”好久了也转不过念头来，像夏天午睡过久，被魇住了，以为自己醒了起了，人却还在床上。看惯了太多着力深刻的爱情，不知如何对待这样的爱情，不晓得它该还是不该。莫名地，想起《牡丹亭·惊梦》中的一句艳诗：“行来春色三分雨，睡去巫山一片云。”

2002/8/20

爱情绝对不是最要紧的

这部韩国电影的片名本为《情事》，碟商将之改成《婚外初夜》，当然更吸引人了。

男，宇因，二十七岁，未婚；女，全素贤，三十八岁，已婚，且有一子。这样的年龄，男女双方的情爱经历都不会是幼稚的，跟初夜当然没有什么关系，他们之间的故事只是成年男女之间的一次轨外情事。年龄差距也没有特别意外的地方，是悬殊了点，但，十一岁，正好又是一出“锋菲恋”。

麻烦的是，这是一出不伦之恋，宇因是全素贤未来的妹夫。妹妹全地贤还在美国，请姐姐帮助先期回国的未婚夫一起筹备婚礼。姐妹俩都没有想到这里面会出怎样的乱子。地贤放心托付，素贤一开头也是尽心操办，心无旁骛。妹妹给姐姐打电话还甜滋滋地说——你觉得他怎么样？我相信你会喜欢他的，对男人我们俩的口味一向很一致的……这话放到影片后面来看，就是一句谶语。果然，出乱子了。

看这部电影真觉得害怕。女人该把自己爱的那个男人怎么办？总免不了要让他和自己的亲友打交道，而且，自然会希望他被亲友欣赏喜爱。友就不说了，如果运气不好，被友人横刀夺爱，也是可以料到的；但如果是被亲人拦路抢劫，这口气实在可以憋死人。像《婚外初夜》里素贤地贤姐妹俩，以后该怎么办？这种伤口是永远无法愈合的。影片最后素贤和宇因

1999 NEWPORT BEACH FILM FESTIVAL - ASIAN CINEMA KALEIDOSCOPE
1999 FUKUOKA ASIAN FILM FESTIVAL - GRAND PRIZE
美国洛杉矶新港国际电影节——最佳亚洲电影
日本福冈电影节——最佳电影大奖
韩国第七届Chunsa电影节——最佳女主角大奖
Following Her heart....is it an escape or a fate ?
A bittersweet tale of forbidden love
婚外初夜
정사
an affair
《觸不到的戀人》李政宰　亞太影后李美淑

《婚外初夜》

远走他乡，可以想见，素贤今后一定生活在地狱里了，宇因再怎么爱她也没有用。

人生中，爱情绝对不是最要紧的，或者说，爱情并没有超越人生其他东西的能力。何况，我在《婚外初夜》里并没有看到多么了不得的爱情，不过是普通的两情相悦。影片中，素贤和宇因的外貌、气质都很令人赏心悦目，如果抛开角色身份不作他想，这两个人完全可以为观众提供一次尽兴的爱情观礼机会。但，这一切因为不伦，便有了一种不洁的感觉。

如果非常情况下发生不伦之恋，那我们另说。在《婚外初夜》里，这场恋情是如何发生的？完全是好端端生出是非。像宇因和素贤这样的好男好女，彼此互有好感，那是自然的。但是，双方都没有守住最后的禁忌，铸成大错。这样的错，爱情本身是没办法挽救的。我在想，结尾宇因和素贤一起“避难”到巴西以后，又会怎样？素贤见不到儿子，愧对勤勉养家的夫君，想起妹妹心如刀绞——这种境地，宇因的存在可以说几乎没有任何缓解作用。素贤在煎熬中加速老去，正当华年的宇因该如何艰难地维持对一个悲伤压抑的老女人的爱？

最近听一女友倾诉。是双向婚外恋，还想要个结果。我听完她所有的理由之后，只说：“你算算成本再做决定，好吗？”女友无言以对。我自己都奇怪，这样的话居然会从我这个天性浪漫蚀骨的人嘴里说出来。早些年，若有女人在我面前说这种话，我掉头就走，从此看不上她。是岁月教我，而且还教会了我——人生要紧的东西多了，爱情绝对不是最要紧的。还是这句话。

2002/8/23

谁才算开始？

看毛尖写美国老牌影星亨弗莱·鲍嘉的文章，里面说“鲍嘉成名的时候，已经不年轻了，度过了大半的人生，还有过三次婚姻，但那只是这部经典的美国小说的开头部分，1944年1月20日，等到他在霍华德·霍克斯的镜头前碰上洛兰·白考儿，鲍嘉的故事才算开始”。

这话出自鲍嘉迷之口不奇怪，在他们眼里，鲍嘉的一切都是完美的，如果他们认为他的故事是从白考儿开始的话，当然他的选择就是正确的。只是我想，那前面的三次选择呢？那三个芳名不如白考儿那么显赫的女人，她们都是错误？她们只是一次次铺垫，作为鲍嘉最后的正确选择的参考答案？

谁都明白，明星的情爱史跟你我一样，多半也是从隔壁邻居、同班同学、兄弟姐妹的朋友那里开始的，当年，他（她）也是如同我们一样，有着清脆细微的爱慕，也曾经在心中或嘴上立下海枯石烂永不变心的盟誓，也曾经以为，永远从这个人身上开始。然后，跟所有人一样，爱情开始衰退，盟誓不了了之，直至下一个爱情对象出现。

人其实都是薄情的。不要说被人聚焦的明星，就是我等凡人，也是不大愿意回首当年的爱情。新人的模样还来不及地贪欢享受，哪里还有心肠

HUMPHREY
BOGART
INGRID
BERGMAN
PAUL
HENREID
Casablanca
卡薩布蘭卡
Directed by MICHAEL CURTIZ

《卡萨布兰卡》

想念旧人模糊的面目。爱情没有了，温情也就消失了。

爱情的名声就是这样被坏掉的。很多人看自己看他人看岁月不留痕，一看一想，从此不信爱情。我有一女友说，爱情？我不懂什么是爱情，我不喜欢这个词，这个词乱七八糟含义不明。

在爱情的废墟里，我等凡人还是很幸运的——谁关心你在现任之前有过几次经历？但是，被放大了的明星不一样，于是，在他们的爱情历史里，显赫者永远是强者。劳伦斯·奥立佛和费雯丽各自的前一次婚姻都不算，故事从彼此开始；英格丽·褒曼从罗西里尼开始；伊丽莎白·泰勒从理查德·波顿开始；张艺谋从巩俐开始；陈凯歌从陈红开始……

怕的就是这个。怕的就是你成为那个铺垫，那个错误，那个参考答案。弱者没有话语权，也没人想听你的发言。饮泣也好，饮恨也好，饮讥也好，都得默默地饮下去，冷暖自知。就是真的无所谓了都不行了，总会有人时不时把你拎出来，作为他（她）过往的一个符号。这种痛，说是一失足成千古恨也不为过。如果你非得发出点声音，不管你说什么，注定是一个丑角。那本其实挺惨痛的书，书名现在早成了玩笑话——“我和谁谁谁：不得不说的故事”。

我有一个女友很不幸成为了“铺垫”。怪谁呢？怪造化弄人，谁也算不准那个旧人日后会发迹啊。女友经常被人追问过往，大伤自尊。我出主意：输定了，这一回合肯定是扳不回来了，想不通的话，惟一的办法是想办法让自己发迹，发得比他还大，从而让他成为你的“铺垫”。

2002/8/26

午夜守门人

1974年，意大利女导演利瑞娜·卡妮拍出了她的作品《午夜守门人》(THE NIGHT PORTER)，人们不知道拿它如何是好。夸赞它？贬毁它？就作品而言，这是一部上乘之作，应该夸赞的；但是，它的内容混淆了社会公推的一些价值标准。我不知道这片子当年是否公映过，但当时就有人说，这种东西，只有不明是非不辨正邪的女人才会拍得出来。

女人是否就不明是非不辨正邪？这当然是谬论。但女人在面对一个问题，特别是情爱问题时，很容易致力于情爱本身而漠视其他，甚至，漠视根本。这种例子也是不罕见的，比如，张爱玲之于胡兰成就是如此。

我是在最近才看到《午夜守门人》的。这部在当代电影史上赫赫有名的作品，直到最近才在DVD市场上出现。作品的确上乘，不负其近二十年的艺术声誉；内容的确复杂，当年的种种争议放到今天也是成立的，且依然无法断言。

《午夜守门人》是这样一个故事：1957年，当年从纳粹集中营里幸存下来的犹太姑娘露西亚，跟着指挥家丈夫巡回演出，从美国来到奥地利维也纳。在下榻的酒店，露西亚非常震惊地发现，酒店的夜班门房就是当年集中营里的纳粹军官马克斯。在集中营里，露西亚是马克斯的性奴，但同时也是他的情人。马克斯也发现了面前的这个贵妇人正是自己一直不能忘

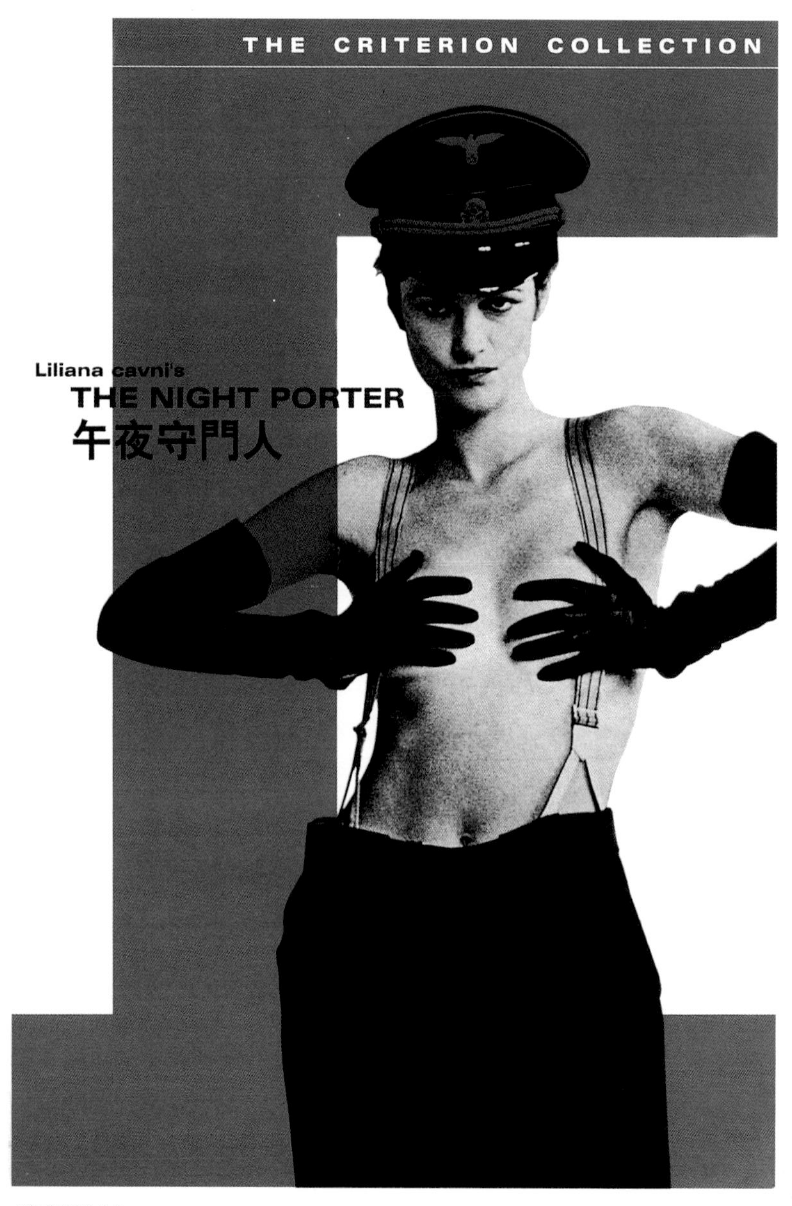
THE CRITERION COLLECTION
Liliana cavni's
THE NIGHT PORTER
午夜守門人

《午夜守门人》

怀的露西亚，他趁露西亚的丈夫前往德国法兰克福期间，来到露西亚的房间，与之重合，随后将露西亚转移到自己的公寓。露西亚的丈夫因为妻子失踪报警。马克斯所属纳粹余孽小团体也在寻找露西亚，欲将之干掉，因为她是揭露纳粹暴行的一个非常关键的证人。马克斯拒绝向同伙交出露西亚，也不能向警方求援。他和露西亚被困在公寓里，食物一天比一天少，体力也一天比一天消耗得厉害。最后，走投无路的两人在一个月黑风高之夜逃出公寓，但双双被纳粹团伙击毙。

其实，我在看《午夜守门人》时，发现卡妮的态度还是相当明确的。她对马克斯这个人物描述得轮廓很分明：残暴、变态、阴郁。他对露西亚的情感，不是爱情，而是一种占有和把玩的情感，只是这种情感的强度很大，大得有点像是爱情了。而露西亚这个人物，在她身上没有受害者的仇恨和羞辱，她非常恍惚，在恍惚中迷恋着一种被损害被虐待的病态的快感。她也没有爱情，她的身上只有一种非理性的情欲。露西亚这个人物应该是成立的，一个经历过纳粹集中营的女人，神智混乱，丧失基本的认知能力，这是完全可能的。卡妮最后让被邪恶控制并发了狂的两个人死于来自邪恶一方的子弹，寓意也是非常明确的。

在人类社会的公理面前，有些人是永远不会被原谅的，比如马克斯等，不管他们有怎样的个人原因；那么，对这些不能被原谅的人的爱慕，也是不能被原谅的，也不管其中有着怎样的情感上的理由。面对历史，很多时候事物必须简化，必须清晰化，必须将复杂的人性用一种明确的道德准则来判断，这样才能除去多余的枝蔓，不让其遮蔽主干。我想，当年，舆论对于《午夜守门人》的批判就是基于这个态度，只是，现在看来，当年对卡妮的态度有点过激，有点误解了。

2002/8/29

性与底层

日本导演今村昌平被称做殿堂级的大师，这种说法起码有戛纳电影节可以作证：其为三次金棕榈大奖获得者。这是绝无仅有的荣誉，可谓戛纳第一人。这三部电影分别是1983年第三十六届的《楢山节考》、1997年第五十届的《鳗鱼》，还有就是2001年第五十四届的《赤桥下的暖流》(WARM WATER UNDER THE RED BRIDGE)。

这三部片子基本上都体现了今村昌平"性与底层"这一概念。《鳗鱼》和《赤桥下的暖流》更接近，都是讲述一个处于低潮的男人如何在底层生活中从女人那里获得了救赎的。而且，这两部电影的基本阵容也是一样，男主角役所广司，女主角清水美砂。可以说，《赤桥下的暖流》是《鳗鱼》的一个翻版。

同等题材两次在戛纳获大奖，这应该说是不太可能的事。之所以在今村昌平身上出现这个奇迹，不得不佩服这个今年已七十五岁的老导演惊人的创新能力。较之《鳗鱼》的沉郁稳重，《赤桥下的暖流》从风格上做了相当大的变化，是一出精致动人且诡异大胆的轻喜剧。

一个中年男子（役所广司）失业了，又与妻子不和，倒霉的他在街头与一流浪老头相识，并颇为投机。老头在死前告诉男人，只要到遥远偏僻的能登半岛，找到一幢位于河边赤桥下的房子，便会找到一个内藏金佛的瓶子。男人找到了赤桥边的房子，并没有找到金佛，而是遇到了一个天生奇异的女人，这个女人体内蓄积着大量的“爱液”，在与男人发生肉体关系的时候，这些“爱液”会呈现出喷泉般的奇观，而且，这些“爱液”汩汩流淌，像小溪一样流出房子，流入河水之中，将很多鱼汇集在一起，因而使钓鱼的人们大有收获。男人与妻子分手了，和这个奇异的女人相爱了，并在她的滋润之下，重新获得了生活的热情和力量……

《赤桥下的暖流》虽然题材非常大胆奇异，但拍摄手法简练干脆，基本上没有任何关于性爱的感官刺激镜头出现。也可以说，这是一部画面相当“健康”的性题材电影。今村昌平多年关注他称之为“底层和下半身”的题材，但对于这种直接敏感的问题，他的关注更多是放在精神层面上的。他是用精神化的视觉来关注和体现肉体之爱的含义。

日本电影中的底层女性一向是相当鲜活的，极富感染力。今村昌平同样表达出对底层充分的敬意。青春年少时期的今村昌平时常流连于烟花柳巷，对底层妇女，特别是从事不良职业的妇女非常了解，她们身上有着浓重的为生计挣扎的痕迹，但她们身上那种比男人更为顽强乐观自由开朗的气息，也深深地感染了今村昌平，这也在一定程度上成为他日后几十年电影创作的母题。这个母题归纳起来就是：女人比男人更坚忍，并能拯救男人。

看《赤桥下的暖流》，我为影片中的画面和透过画面一点点呈现出的人生的幸福感所打动。红桥（赤桥）、绿树、木屋、喇叭花、青绿色的河水、湛蓝的大海、雪白的浪花，还有那些绕着窗棂上下翻飞的海鸟。男主角来自东京，像每一个都市人一样多年苦挨，因为不知道什么叫做幸福

康城電影節參賽作品
《鰻魚》《談談情 跳跳舞》《失樂園》役所廣司
《鰻魚》《五個相撲的少年》清水美砂
《漂靈2:15》《酋山節考》倍賞美津子
康城電影兩屆金棕櫚大獎得主 日本電影殿堂級大師《鰻魚》今村昌平 大膽創意最新作品
憑本片第三度獲邀問鼎康城最高榮譽— 金棕櫚大獎
赤橋下的暖流
WARM WATER UNDER THE RED BRIDGE

《赤桥下的暖流》

了。面对这样天堂般的景象，幸福才猛地扑进胸怀。我只是观众，并非身临其境，而我都有一种深切的感悟。我一直觉得今村昌平是一个教导我们如何寻找幸福的艺术家，《赤桥下的暖流》也是这样的一番告诫。我们在人生中最需要什么？爱慕，安详，美丽的景色，新鲜的空气，再加上一些惊奇。也许，这就叫做完美吧。

2002/9/5

找死的爱

山口百惠和三浦友和这一组合在上个世纪80年代是少年们的偶像极品，也是国人关于“金童玉女”的第一个概念。当年电视连续剧《血疑》，可谓吸引万家，“幸子”和“光夫”的故事让人牵肠挂肚涕泗滂沱。我那时还是个少女，想入非非接近于病态，对山口百惠十二万分地艳羡，不仅因为她是明星，还因为她除了和三浦友和搭档演了那么多情侣之外，居然还真的嫁给了他，做了他的妻子。

这段时间市面上有山口百惠系列电影作品的DVD，基本上都是她和三浦友和搭档出演的。这对搭档，当年就是以百惠为主导的，回顾起来也是如此。我买了一些，像《伊豆的舞女》《绝唱》《古都》《春琴抄》《雾之旗》《淤泥中的纯情》等。这些片子，除了《绝唱》《伊豆的舞女》当年公映过，其他的，都是在电影杂志里熟悉的，其实都没看过。这些片子当然都不是什么经典名作，但是，看的时候却很感慨，在其中搜寻那些依稀可辨的旧日情怀，仿佛老眼昏花中努力辨识一个故人的模样。那个人，就是少女时的我。现在的我面对当年的我，就如同一个老人面对多年没见的旧友那般疑虑。

有时候，人的成长是找不到来路的。你会百思不得其解当年为什么会

《淤泥中的纯情》

喜欢上这样的人？为什么会做下这样的事？进而你会百思不得其解今天的你是从哪里来的？按发展逻辑来讲，你本该成为另一个你，是在什么时候什么地方拐了弯让你走到了现在这条路上？

对于山口百惠和三浦友和，我回顾起来没有什么后悔的。他们是我少女时代惟一幸存下来的值得称许的偶像，说来一点不跌份。他们俩的片子一般说来都还不差，但也没有什么出彩的，我觉得特别有意思的是《淤泥中的纯情》。

故事很老套：外交官的女儿爱上了街头小流氓，然后拼死地要和他在一起，最后双双死于黑社会的乱刀之下。但这片子很有一些动人之处。山口百惠的那个样子，倔头倔脑的，特别适合演这种“一根筋”的女孩，无缘无故地就爱上了一个人，然后就一条道走到黑，直到赔上性命。三浦友和在这片子里饰演的次郎可能是他演的最好的角色了。他长得太端正，气质也非常正，加上本身不是那种灵光四射的演员，他饰演的很多角色都有点帅呆了——又帅又呆。但在《淤泥中的纯情》里，他的演技在他的平均值之上。他依然漂亮、干净、衣冠楚楚，但说话、举止都很粗俗，眼神孤愤冷漠，和角色的要求很合拍。

《淤泥中的纯情》拍于1977年。我有点惊奇的是，它并没有这类题材影片通常都有的那种幼稚的憧憬和廉价的煽情，它的基调相当清峻和冷静。从一开头，小流氓次郎（三浦友和）就把富家女真美（山口百惠）的追求当成无稽之谈，一次次回绝她。他经常恐吓她，让她走开，他对微笑着看着他的真美说：“有一次，有个女人冲着我无缘无故地笑，被我打掉三颗门牙。”当真美正式向次郎表白爱意的时候，次郎说：“以后怎么办？想和我结婚？”真美使劲点头。次郎说：“结婚后我们说什么？一边喝茶一边听我讲怎么把别人的肋骨打断？一边吃饭一边问我刀子捅人是什么感觉？”但是真美就是抱定了这份无缘无故的爱情，非跟定次郎不可，将前途、名声、家庭全部抛开了，飞蛾扑火。最后，快断气的次郎对快断气的真美说：“叫你不要跟着我，你看……”两人临终前就这么一句话，没有很多片子里那样的音乐大作中两人拥吻哭泣互相喊着“我爱你”，两人死得很清净很干脆，就像这两个人共同的沉默倔强的性格——心知肚明，废话少说。

次郎是真流氓，并不是一个暂时栖身淤泥中的折翼天使；真美是绝对的任性荒唐，为满足一时的浪漫欲望而背弃双亲的慈爱。次郎每一次拒绝真美的话，她都知道是对的(也可以说，这是这个流氓善良的一面)，但是，她就是要去爱一个幻象一样的对象，甚至可以说，她向往为这个男人丢命。她是爱，也是刻意找死。

看《淤泥中的纯情》，会再一次体味到青春期的险象环生。回头一看，嘘一口气，啊，我等居然都涉过来了。

2002/9/17

那盏灯渐渐熄灭

2002年奥斯卡的两部入围影片——《美丽心灵》和《爱莉思的情书》应该放在一起来看。前者是关于数学家小约翰·福布斯·纳什与精神分裂症，后者是表现文学家爱莉思·默多克与老年痴呆症。同样题材同等强度的作品，且同样都是传记电影。在我看来，这两部作品不分高下，只是味道不同，《美》更美国化，《爱》的英国味道很纯正。当然，奥斯卡不这样认为，他们认为《美》好过《爱》，所以前者获得了最佳影片。如果让我投票，我也会把那一票投给《美》，虽然我更喜欢《爱》，但是《爱》容易让人蹈入虚无之境，这和社会主流的倡导不太适应吧。

这两部电影的区别在于：从对心灵的功用角度看，《美》是上升的，而《爱》是下沉的，但它们最后都归于一点：灵魂的安详和永恒。这一点也许就是两部作品都入围奥斯卡的基础吧。

我实在是很喜欢《爱莉思的情书》。

在这部电影里，年轻娇美的爱莉思（凯特·温斯莱特饰）在湖中裸泳，她像一条白花花的大鱼一样在水草间穿梭，湖水有点昏暗，衬得她的白和丰腴格外刺目。这个时候的爱莉思是牛津大学青年教师中的公主，被众人追捧，她思维敏捷，言辞犀利，生活放浪不羁。

KATE WINSLET
全球矚目女星
凱特·温斯萊特
JUDI DENCH
奥斯卡影后
朱迪·丹奇
JIM BROADBENT
奥斯卡影帝
吉米·布勞德本特
"Extraordinary!"
-Rex Reed NEW YORK OBSERVER
"A ★★★★ Triumph!"
2002ASKE
Best Actress Nomination
七十四届奥斯卡
最佳女主角 提名
2002ASKE
Best Supporting Actress Nomination
七十四届奥斯卡
最佳女配角 提名
2002ASKE
Best Supporting Actor
七十四届奥斯卡
最佳男配角
愛莉思的情書
又名：携手人生
IRIS

《爱莉思的情书》

也是在《爱莉思的情书》里，暮年的爱莉思（朱迪·丹奇饰）功成名就，作为一个著名的哲学家和著有二十六部小说的文学家，她被奖励、访问、讲座、拜会所包围。但，此时的她已经是一个衰败的老女人，矮小、臃肿、满面风霜，那形象，仿佛是对她成就的一种恶意的报复。但这还不够，神可能是太嫉妒她的优秀了——终于，爱莉思听不懂电视台主持人的提问，然后，她不能写作了；渐渐地，她发音开始出现错误，不会确切表达自己的想法，把dog认作god……终于有一天，她不能认字了，连人也不认识了——老年痴呆症控制了这个昔日视思考和写作为生命的女人。

我们在《爱莉思的情书》的后半部看到了这样的情景：衰老不堪的爱莉思走出了家门，然后像所有的老年痴呆症患者一样迷了路。大雨中，她像一个婴儿一样懵懂无知地走在街上，在车流、人流中惊险万状地游走。她浑身透湿，脚步蹒跚，衣服肮脏凌乱，脸上的表情茫然无措。这个时候这个样子，她比世上无数的潦倒的女人都更让人心酸，她的渊博，她的成就，她曾有的动人心魄的丰美的身体，她曾有的如花美貌，都被晚年这场凄惨的雨给冲走了。她没有什么可以搭救自己的东西。

其实说来还是有的，她有爱情。她的丈夫约翰，一个古英语教授，从她年轻时就爱慕并崇拜她。在她还没有得病之前，爱莉思每次出外演讲，约翰都随行在她身边，坐在听众席上，为她讲的每一句话微笑、迷醉，带头鼓掌。爱莉思病了，约翰专心守在她身边，无微不至地照顾她，忍受着辛苦、孤寂和绝望。

但是，爱情到了这种地步，可能只对约翰有用，对爱莉思本人来说，这一切，这伴随一生的爱情，没有任何作用了。她在死去的路途上，她的理智像一盏即将熄灭的灯，在不断加重的夜色里渐渐地暗淡下去。这像是一个昏迷的过程，一个坠落的过程，美好的留恋的一切一点点从手心挣脱而去，人毫无办法地一点点掉下去，掉下去……这样的人生悲剧是如此的沉重和缠绵，它像一大床浸满了水的被子一样覆盖了观者的心。

爱莉思的两个扮演者朱迪·丹奇和凯特·温斯莱特的表演非常出色，她们双双获得了2002年奥斯卡最佳女配角提名奖，最后她们俩败给了《美丽心灵》中纳什妻子的扮演者詹妮弗·康纳莉。纳什的妻子和爱莉思的丈夫是一样的，具有坚如磐石的爱和水滴石穿的付出；巧的是，扮演爱莉思丈夫的吉姆·布劳德本特因为这个角色获得了同一届奥斯卡最佳男配角。两个献身的人得到了奥斯卡的褒奖。在《美丽心灵》中，妻子胜了，她帮助纳什反击了命运；在《爱莉思的情书》里，丈夫也胜了——在约翰的帮助下，爱莉思在走进临终关怀医院的时候，已获得了最后的安详。她击退了狂躁和不甘，在理智之光熄灭的前一刻，她接受了命运。

很多时候我们不认命，这是对的，但也有很多时候，我们要认命，这更加正确。后者也许更需要智慧。在爱莉思临终前的一段时间，她常常在医院洒满阳光的走廊上专注宁静地凝望着在空气中舞蹈的灰尘，她的脸看上去很美，一种放弃的美。我想起了里根，那个在彻底丧失理智前向全体美国人民告别的老人。听说他的老年痴呆症已经到了晚期，连他的爱妻南希也不认识了。我相信他在黑暗彻底降临之前也获得了安详。他现在也是经常欣赏着阳光里灰尘的舞蹈吧？

2002/9/25

没有路通向戈达尔

一个长相英俊身材欠佳的法国男人在准备一项描写爱情的创作计划，他计划描绘三个阶段的爱情：青年时期、成年时期和老年时期。他准备在四个瞬间里分析爱情这东西：邂逅、争吵、分离和重逢。

这应该是一个很好的创作企图，问题是，这个法国男人拿不定主意是该用小说、戏剧还是电影来实现这个创作计划。

如果以上是一部电影的内容的话，也应该是一个很好的创作企图。如果这部电影不是由戈达尔来拍的话，我们可能会看到一部好看或是不好看的电影。但终归还是一部电影。

很不幸，这就是戈达尔的作品，是他2001年的新作《爱的挽歌》(ELOGE DE L'AMOUR)。应该说，像戈达尔的其他作品一样，对这部新作，我还是不知道该说什么好。我甚至不知道该不该称它为电影（如果用我们通常对电影的理解），它应该是一部用影像的方式来写作的混合着哲学、社会学、心理学、历史学等众多内容的著作。对于我这样的读者来说，我不知道他在说什么。

我对戈达尔一向无话可说。除了《筋疲力尽》里的一些片段，连《芳名卡门》我也说不出话来，其他的，就更不要说了。我是看不懂他的。当然，我没勇气指责他，我这人胆子不大，对权威向来是臣服的。不过，我也想，他表达那些东西（我不知道他要表达什么东西）为什么非要用电影这种成本昂贵的方式呢？他所承担的任务是哲学家、历史学家和神学家的任务，跟文学都没有什么关系，他居然要用电影来讲述他的这些思考，他为什么不用写书或者布道这种比较简易也较为经济的方式呢？

我不知道戈达尔是否痛苦，但是，观众太痛苦了。

《爱的挽歌》

为什么看《爱的挽歌》？这也是必然的一种遭遇。首先说，我肯定要买戈达尔——影碟爱好者，特别是闷片爱好者，一般情况下不大可能有脾气错过戈达尔，就像书迷总要买回乔伊斯的《尤利西斯》一样，至于什么时候看，天知道。看戈达尔总比看《尤利西斯》要容易下决心，毕竟不管什么样的罪，大不了也就是两三个小时，总比看安迪·沃霍尔的那部八小时的《帝国大厦》好过多了。我想，可能没人看过那部电影，八个小时，画面始终就是静止地立在面前的帝国大厦，中间，帝国大厦亮了一次灯，构成整部电影的高潮。我买回了《爱的挽歌》，然后，被写在影碟封底的故事所吸引；然后，奢望戈达尔上了年纪生了慈悲之心，也许不打算折磨观众了，也许他会好好给我们讲一次故事，还是爱情故事。然后，我就把这张碟放进了机器里，摁了“PLAY”……我的一根筋特点在对待这部电影的问题上又一次显现无遗：九十四分钟，我看了，并看完了，虽然我完全不知道这部电影是什么意思。

还是有所得。(1)《爱的挽歌》前半部分是黑白的。很多街景拍得极好，很有质感。戈达尔眼中的黑白巴黎非常迷人，恍惚、忧伤、湿润，微微的神经质。(2) 有一句台词把我击中了：“珍妮，我通向你的路是多么奇怪啊。”这句话太像一个很好的爱情故事里的台词了。对于爱情来说，这句话太得要领了。

把这话套用过来，我想说：戈达尔先生，我怎么才能找到通向你的路呢？

2002/10/13

黑夜里最黑的花

一直找阿兰·德隆的《独行杀手》(LE SAMOURAÏ)，可以说找了十年了。终于找到了。几乎是趴在电脑城的摊位上翻，翻到几乎呕吐，终于，居然，拎出了一张《独行杀手》。我发出了一声深厚的叹息。

《独行杀手》，让·皮埃尔·梅尔维尔的作品，上世纪60年代法国浪漫黑帮片的代表作之一。这个派别的作品，另有著名的《杰夫》《西西里家族》《博萨林诺》，参演的人还有几个法国老戏骨，让·迦本、里诺·凡杜拉、让·保罗·贝尔蒙多等，但这些片子的顶梁柱就是当时漂亮得惊人的阿兰·德隆。要说法国的浪漫黑帮片，那可是现代黑帮片的开山之作，科波拉的《教父》系列、马丁·斯科塞斯的《穷街陋巷》《好家伙》，都在它后面了，且都从其中学了一两手的，至于说后来吴宇森以及昆丁·塔伦蒂诺，更是奉之为圭臬。

说来惭愧，我那么执拗地寻找《独行杀手》，不是因为要探究一番黑帮片的轨迹，我的理由是：那是阿兰·德隆最好的时候。那时，他三十岁。之前，他太嫩，太光滑，而且，没什么好作品；在此之后，就是我们早就看过的《佐罗》《黑郁金香》时代，年近四十，正当年，但有点皱了，还有了笑容。

告诉你《独行杀手》里的阿兰·德隆是什么样的吧。先说故事：习惯独立作业的职业杀手杰夫在杀死“马路德”俱乐部老板时，被女乐手马蕾莉看到了。虽然杰夫有完整的不在场的证明，但警方还是逮捕了他。马蕾莉到警局做证人，却没有指证杰夫。杰夫获释，雇主派人追杀。逃脱之后的杰夫返过头来杀了雇主，然后拿着没有上子弹的枪，来到“马路德”，站在雇主的情妇——马蕾莉面前，被埋伏的警察乱枪打死。

在这个故事里，阿兰·德隆几乎没有话，也没有笑容。没有人知道他在想什么，观众不知道，戏里的人也不知道。他最后拿着那把空枪对着马蕾莉，到底是什么意思？他明知道四周要么是警察要么是雇主的下手，他死定了，那他为什么要选择这样的死法？而且，他为什么想死？这就是《独行杀手》的魅力吧。梅尔维尔似乎也很敬畏杰夫这个人，像我等一样，小心翼翼地面对这个谜一样的男人而不敢轻易言说。我想，如果说杰夫是因为爱情而死，那就太错了，他也许什么都有（可看上去好像什么都没有），但肯定是没有爱情的。他也许就是活腻了。

阿兰·德隆那个时候就是这样一副任谁也猜不透的样子。他有着完美的容貌、完美的沉默以及完美的残忍气质，还有那种活得不耐烦的味道。像黑夜里最黑的花，美、阴郁、拒绝。我总要不断想起他在生活中离开罗密·施奈德的那个故事：在她的枕边放上一朵黄玫瑰（分手的意思），然后，潜入夜色，离去。这很像一个独行杀手的行为。

在《独行杀手》里面，还有一个到警察局为杰夫作伪证的女人，她证明杰夫案发时不在现场，而是在她床上。这个女人在生活中是德隆的妻子。我注意到演员表上这个演员叫“娜塔丽·德隆”，也就是说，拍这个片子的时候（1967年），他们已经结婚了。在影片中，娜塔丽·德隆为杰

《独行杀手》

夫作伪证毁掉了自己的生活，但觉得非常幸福；生活中的娜塔丽·德隆幸福吗？谁知道呢。

阿兰·德隆是我一直很好奇的一个男人，因为我一直想像不出女人跟他在一起的感觉。

2002/10/14

这白得耀眼的神经病

看《沙漠妖姬》(QUEEN OF THE DESERT)，就想起柏桦的诗《青春》里的句子：

……

这白得耀眼的爱情

这白得耀眼的夏天

这白得耀眼的神经病！

这部澳大利亚电影获得了1995年的奥斯卡和英国电影学院奖的最佳服装设计奖，还同时获得了英国电影学院奖中的最佳化装奖。它的贡献应该不仅仅在于服装和化装方面，影片本身质地精良，为澳洲电影获得国际声誉做出了贡献。在我的视线里，两个澳洲导演我很喜欢，一个是名气非常大的《钢琴课》的导演简·坎恩，另一个就是《沙漠妖姬》的导演史蒂芬·艾略特。

我喜欢用两个词，用了很多年了，用得我脸红。但是，现在还是得用这两个词来概括《沙漠妖姬》：华丽和凄凉。但是，自打我想起柏桦的诗

导演：史蒂芬艾略特 Stephan Elliott
THE ADVENTURES OF
Priscilla
QUEEN OF THE DESERT
第六十七届奥斯卡最佳服装设计（1995）
第四十八届英国电影学院奖最佳化妆（1995）
第四十八届英国电影学院奖最佳服装设计（1995）

《沙漠妖姬》

以后，我觉得没有什么比“白得耀眼的神经病”更贴切的了。

故事并不古怪，故事里的人是古怪的：三个人，两个易装癖同性恋，一个变性人；三个人从常规意义上讲都是男人。他们从事的是易装表演，在酒吧夜总会演出，堪称业内翘楚。一天，三人应邀前往沙漠中的一个小城做表演。于是，他们将自己打扮得像一只奓了毛的金刚鹦鹉那样绚丽、嚣张、不成人样，出发了；于是，这一路上的好戏就开张了……

描写边缘人，看上去很容易，其实很不容易。说容易是因为他们在边缘，在人们正常视野之外，有一点类似于“画鬼”——不是都说画鬼容易嘛。说不容易也在于此：画个鬼出来，能把人吓着或者能让人感动，这本事就大了。当然，这只是一种说法，看《沙漠妖姬》，我既没有被吓着也没有被感动，我只是有一点恍惚罢了。这种恍惚感，首先是被那三个人妖的鲜艳给晃的。

鲜艳的东西总是让人不安。前段时间出差，转了几个城市后从广州回家。登机时雨下得很大，我坐在窗边望外看，猛一眼撞上候机楼顶上“广州”两个字，雨中它红得无比残酷。我突然间心脏狂跳不已，起飞很久之后才渐渐平复下来。其实我并没有想飞机会有什么事，只是被鲜艳和潮湿给刺激了。

有意思的是，《沙漠妖姬》里的那三个人遇到倒霉事时就要骂一句“妖气！”妖气是他们的护身符，也是他们的诅咒对象。他们因为什么离开了人群，成为了异类，这谁都说不清楚。路上车子抛锚，好不容易遇到可以求助的人，但那人被他们吓跑了；旅途上暂停，在一个小城镇喝喝酒聊聊天，却被当地地痞围追，差点被强暴……如果说这些事情在他们并不算意外的话，那他们之间交流的困难、内心的干涩，则真是一种意外了。同类人之间，在很多时候就是彼此的地狱。

前几天在广州的时候，某晚和朋友沈颢、黄爱东西一起上白云山。看到路边一盏古怪鲜艳的灯，沈颢说："跟做梦似的。"接着看到另外一盏更加古怪鲜艳的灯，黄爱东西说："越发像做梦了。"

鲜艳很多时候也是绝望。我没有遇到过绝望的人，所以，在这部喧闹的电影里，我以为我自己看到了绝望。据说，所有色彩合在一起就是白色，正午强光下的白，耀眼、冲动、发疯。柏桦的那几句放在《沙漠妖姬》上特别熨帖：在夏天发生的事情，有稀薄的爱情，还有陷在这里面的那几个神经病——这一切，混成了白色，像噩梦。

2002/10/27

美得不寒而栗

紫式部《源氏物语》第七回“红叶贺”中有一段关于主人公光源氏舞蹈的描述：

> ……高高的红叶林阴下，四十名乐人绕成圆阵。嘹亮的笛声响彻云霄，美不可言。和着松风之声，宛如深山中狂飙的咆哮。红叶缤纷，随风飞舞。《青海波》舞人源氏中将的辉煌姿态出现于其间，美丽之极，令人惊恐！插在源氏中将冠上的红叶，尽行散落了，仿佛是比不过源氏中将的美貌而退避三舍的。左大将便在御前庭中采些菊花，替他插在冠上。其时日色渐暮，天公仿佛体会人意，洒下一阵极细的微雨来。源氏中将的秀丽的姿态中，添了经霜增艳的各色菊花的美饰，今天大显身手，于舞罢退出时重又折回，另演新姿，使观者感动得不寒而栗，几疑此非人世间现象。（摘自丰子恺译本）

《源氏物语》是我经常翻的书，算是案头书了，它们是日本文学唯美传统的源头典籍，也是顶峰作品。像上面摘的那一段就很有代表性：因美而生恐惧。这段之前还曾写光源氏的父亲桐壶天皇因为爱子过分的美丽优

平安朝代的戀情
總是些淒美的愛情故事
世界古典文學的經典之作
壯麗的夢幻畫卷
ひかる源氏物語
千年の恋
吉永小百合
天海佑希
常盤貴子
高島禮子
南野楊子
細川
中山忍
竹中直人
片岡鶴太郎
松田聖子
風間卜才兒
段田安則
山本太郎
本田博太郎
風間杜夫
加藤武
渡邊謙
森光子
脚本：早坂曉 音樂：富田 監督：堀川上人二 全國劇場公開作品 TOEL VIDEO

《源氏物语》

雅，心生不安，命令各处寺院诵经礼忏，替他消除魔障。

带着这样的理念来观看日本东映为五十年纪念，在2002年推出的巨作《千年之恋 · 源氏物语》，应该说对它所能呈现出的影像之美是有心理准备的，但是，我还是被它深深地伤害了——从影片开头后不多会儿的一幕开始：冬夜，白雪围绕着蓝黑色的水塘，一朵红梅悄然落下——我的心被这朵红梅砸出了巨响，耳朵里嗡的一声鸣叫起来，隐隐作疼。

说《千年之恋 · 源氏物语》中的每一个画面都是完美的，这话一点也不过分。一千年前的日本平安王朝是唯美的盛宴，在无数的帷幔、屏风、格窗、檐廊之中，兜兜转转着一层层繁复艳丽曳地而行的衣裙、拖到脚弯处的长发、雪白的脸、鲜红的唇、细致的眼睛、幽暗中一声不响的爱抚、男人的手依女人背部细腻的肌肤缓缓滑过，还有那清晨踩着晨露急速离去的偷情人的背影……在这一切背后，如果不是阴郁忧伤的歌，就总是像雨点一样落下的樱花花瓣，要不就是深蓝得令人寒心的夜空。

艳与寂是日本文学艺术的魂魄。因为艳，所以寂寞深重；而人生从本质来说就是“清寂”二字，所以更加需要艳丽的欢情。欢情是鸩，美味无比，饮它是痛快的，痛且快，人生好像就不那么难过了。

《千年之恋 · 源氏物语》的关键人物是光源氏，他的形象在书中美得出神入化，不可想像。所以，这部电影可能在挑选这个人物的扮演者上绞尽了脑汁。扮演者天海佑希近乎完美地再现了这个天神般的人物，令人目眩。我不知道这个天海佑希的出处，我甚至无法判断这个人的性别。天神可能就是中性的，像男人一样的英挺，又像女人一样的柔媚。围绕着这个新人的，是吉永小百合、高岛礼子、松田圣子、常盘贵子、竹中直人、风间杜夫这些人。熟悉日本影视的人当然知道这些名字的分量。

近三个小时看下来，我有近乎虚脱的感觉。片中结尾处，经历一生的艳情之后，光源氏彻底厌倦，只等待着死亡的来临。说来我也应该厌倦，应该是视觉盛宴之后的意兴阑珊；但是，我却有一种莫名的惊惧，想起三岛由纪夫在《金阁寺》里的一句话："我所惧怕的事态业已开始，它甚至比原来所料想的还要糟糕：美在彼而我在此。"

2002/10/27

（本文后记：我的朋友李澜后来给我来邮件，说到天海佑希以及这部电影。她在邮件中写道："你提到的电影，看了《千年之恋》。影片着实华美异常，源氏的扮演者也只能让中性人物来演，天海佑希是宝冢歌舞团专饰男角的当家花旦——我很喜欢看宝冢的歌舞，平生喜欢的是中性化的美人。一大愿望就是去实地看一场。不过知道天海佑希是女的，看起来就有点别扭。但我也喜欢这个片子，喜欢的是剧外的情结——紫式部和道长的暗恋，还有她和清少纳言的关系——千年之怨。"李澜和我一样，酷爱日本文学艺术，她嫁了一个日本人，时常给我带来一些关于日本文学艺术方面的资讯以及她精彩的评点。我没有见过她丈夫江川君。想像中，他应该长成木村拓哉的模样吧？我对她说。李澜说，不，像机器猫。这是另外的闲话了，不多说了。）

遮蔽的天空

一对结婚十年的美国夫妇——波特和姬特，丈夫是作曲家，妻子是作家。“二战”结束后，夫妇俩和友人雷纳一起来到北非撒哈拉旅行。波特对雷纳很警惕，姬特则因为雷纳的俊美热情有一种会出轨的预感。到达北非的那天，波特说，我们是旅行者，不是游客。雷纳问，这有什么区别吗？姬特说，游客是观光后回家的人，旅行者就可能再也回不去了。

一语成谶。波特死在了撒哈拉，死于霍乱。

在此之前，婚姻里危机四伏的波特和姬特各自出轨，波特嫖妓，姬特和雷纳上了床。在两人重新走近、亲密、确定彼此是自己的真爱后，波特撒手而去。姬特因悲痛而神智恍惚，跟着一队骆驼帮走进了撒哈拉沙漠的深处，成为帮主的女人，后脱离骆驼帮流浪在非洲集镇上，沦为乞丐，最后被美国大使馆找到。人还是那个人，但灵魂已经脱窍了。

波特和姬特都把自己留在了撒哈拉。

这是意大利大导演贝托鲁奇1988年的影片《遮蔽的天空》(THE SHEL TERING SKY)讲述的故事。这部影片在他的作品里不是那么显赫，《巴黎最后的探戈》《末代皇帝》《偷香》《小活佛》等都压在这部电影的前面，但它是我最喜欢的一部贝氏作品。《遮蔽的天空》我看过三遍，最近一遍是2002年10月底的一天。那段时间，成都的天气非常糟糕，每天都是雨和湿漉漉的街景，还有雾。天空被铁灰色的不知道还该不该叫做云的东西给遮蔽了。从小生长在阴霾的成都，天气本来很难干扰我了，但这次，真有点受不了的感觉，有一种东西似乎咝咝地在指缝间流逝，快速的，有声的。我不认识这东西，也许是年华老去的颓败吧。

于是，看《遮蔽的天空》，看看我喜欢的这个悲凉的故事。用他人巨

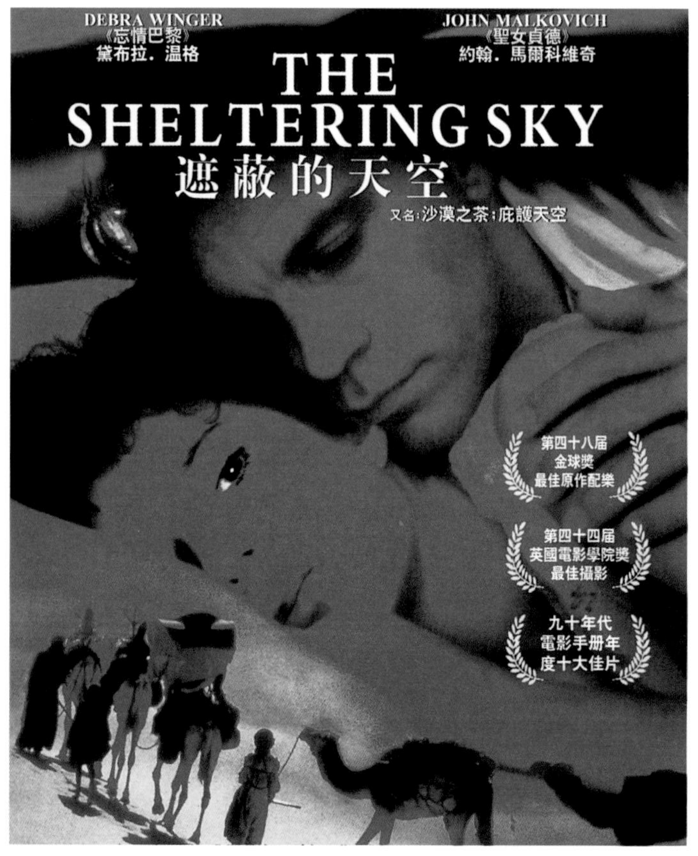

《遮蔽的天空》

大的悲凉来稀释我那点微不足道的悲凉。

波特和姬特共同的问题在于，相爱太深而不自知。公开的爱情形式，比如婚姻，像舞台聚光灯下的区域，因为明亮和被注目，也许反而看不清彼此细微的表情，两人只在一种轮廓中粗略地感受对方。波特和姬特的问题还在于，相爱太深而心生恐惧。爱一个人，总是非常痛苦和害怕的，怕失去的那一天自己也万劫不复。如果想自我保护，明智的做法是爱个大概就行了。追求爱情的广度，不要追求爱情的深度，就像李敖的打油诗："不爱那么多，只爱一点点；别人的爱情比海深，我的爱情浅。"

我偏爱《遮蔽的天空》，主要是偏爱姬特这个女人。她是清俊的，明朗的，洒脱的，但她又是舍得出去的，她舍得将灵魂献出来。影片后面三分之一，是姬特在为波特"陪葬"，跟着骆驼帮穿行在沙漠深处，在一群语言完全不通头脑更是有天地之隔的异族人中间，跋涉、辛劳、吃他们的食物、被他们议论、像奴隶一样地将身体交出。这部分戏被贝托鲁奇拍得美轮美奂，沙漠中极致的美被他的镜头悉数收藏。在这些人间胜景中，姬特就像一个圣徒一样，走过了她的炼狱。

一个人的灵魂究竟会落脚在哪里？美国人姬特在撒哈拉修成了正果。我总在想片名中"遮蔽"的意思。也许，我们所生活的场景都是一种遮蔽；也许，你的所在和你向往的所在彼此是一种误会。有两种可能性：一是你生活在故乡，其实，你的故乡并不在这里；再就是你以为是异乡，却原来就是你的故乡。

2002/11/2

无用的爱

看过伊朗导演马基·马基迪的《天堂的孩子》和《天堂的颜色》的人，都会被他电影中的悲悯情怀深深打动。他的悲悯，是在无奈无助中的含泪的微笑，是人间的万般苦难中闪现出的那一束人性的光。

在马基迪的新作《巴伦》(BARAN)中，马基迪把那种柔软但无力的爱意从孩子身上转移到青年人身上。柔软，是因为至美；无力，是因为无法分担。

我必须先说说这个故事：1989年，苏联撤离阿富汗。阿富汗开始内战，大批难民流入伊朗。包工头梅马雇用的阿富汗工人纳贾夫摔断了腿，一家人陷入了绝境。他的儿子莱麦特顶替纳贾夫来到建筑工地做工。瘦弱的莱麦特干不了重活，梅马安排他替代了自己的侄儿拉提夫的工作，干些采买、做饭之类的杂活。被迫干上重活的拉提夫无比恼恨莱麦特，想方设法跟他过不去。一天，拉提夫偶然发现这个从来一声不吭的莱麦特原来是个女孩，她是纳贾夫的女儿巴伦。拉提夫震惊之后开始深深地爱上了巴伦，他决意帮助纳贾夫一家。他从梅马那里要回了几年来存的薪水，托纳贾夫的朋友索坦带给纳贾夫。索坦也是一个走投无路的人，他留给拉提夫一张致歉的字条，裹着这笔钱回阿富汗救他久病的妻子去了。纳贾夫一家

《巴伦》

在伊朗无法生活下去了，准备筹集路费回阿富汗。拉提夫也是一贫如洗，他到黑市上卖掉了自己的身份证，把钱交给了纳贾夫，并将他们一家人送到回乡的路上；而回去又会怎样呢，家早已是废墟……

对于这样的故事，我们其实是无言以对的。在这里谈什么都显得饶舌。而在这样的故事里，还能谈什么爱情吗？爱情被苦难一掌推到了后面；在活下去的要求中，爱情就是白日梦。巴伦在影片中没有一句话，这个美丽的阿富汗女孩把一切都深深地压在了心里，她明白她是没有梦的。拉提夫也被比他自己的处境更悲惨的生活情形给惊呆了，他远远地看着巴伦，流下眼泪。那段情节是在河滩上的，巴伦和一群阿富汗女人把河里的石头搬上岸，她们浸泡在冬天的河水里，死命推举那些巨大的石头。拉提夫躲在桥墩后面看着心爱的女孩，一滴泪缓缓地流了下来。他和他的爱情完全是无用的。

看这些我没有流眼泪。伊朗电影特有的朴实和克制阻挡了我时常滥用的泪水。影片最后，拉提夫送走巴伦一家后，看着泥地里巴伦的鞋印，微笑了。这个时候我倒是流泪了：曾经这样地爱过！一生中如果能这样地远远地够不着地爱一次，也就值了。

2002/11/9

说吧，说我爱你

这两年，我基本上看到韩国的情感片就会买。的确是相当不错。

他们这种类型的片子，一般是两个路数。一是纯情，像《八月照相馆》《恋风恋歌》《我的野蛮女友》等，真情永远，至善至美的童话想像。我说这是童话想像绝没有嘲讽的意思，而是因为感动。说到底，毕竟还是这种东西在挽救着我们。

还有一个路数跟现实很贴近，乱麻一般的情感。我不说是乱麻一般的爱情，因为我的确不知道“爱情”这个词放在这类影片里是否合适。我一向是把“爱情”这个词纯粹化的，因为不这样做我也将失去自己的童话想像。这种乱麻一般的情感，在韩国片《快乐到死》《婚外初夜》《爱的色放》以及我刚刚看的《疯狂婚姻》中，都被很美的镜头给修饰过了，让人在观看的过程中很容易掠过乱麻本身的潦草和丑陋。但静下心来，看看我们大家自己的现实情感，却会发现，这团乱麻其实任凭怎样修饰也是无法从心头摘掉的，它搁在那里，扎人，疼。

一个叫杨的男人，好看，气质从容淡漠，不喜欢说话，不喜欢婚姻，喜欢性，辗转在一个个女人之间；另一个叫何的女人，也好看，话多、坦率、任性，自以为很潇洒。两个人第一次见面就上了床，各自都很满意。

엄정화, 감우성 : 유하 감독
導演: Yoo Ha 友 和
이 남자와... 하고 싶다.
Joon-young 李美淑
Yeon-hee 嚴政花
嚴政花 的真情表白
讓你回味無窮
그 남자 · 그 여자의 불온한 멜로
결혼은, 미친짓이다
瘋狂婚姻
crazy marriage

《疯狂婚姻》

之后若即若离地交往着，杨很满意，何以为自己也很满意。何年纪不小了，想结婚，杨当然不会给她婚姻，于是何嫁了一个医生，然后每隔一个星期都到杨这边来一次，除了上床，还像一个妻子一样为他采买、洗衣、做饭、收拾房间……

这是《疯狂婚姻》的前半段，后面的故事，大家都可以想得到：杨和何这种局面是长不了的。人性中有太多黑暗的东西，它会在这种黑暗的情感中疯长，人在这种过程中，在自以为健康、自以为能够自我掌控的同时，其实已经病了。待某一天突然倒下的时候，才会猛然觉醒：自己是抗不过去的。

《疯狂婚姻》不是一个残酷的故事，前面我说了，它被美化过了，被文化的东西给修饰过了。所以，像杨这种所谓的知识分子，他似乎有所觉醒，他知道性之后的厌倦，情爱之后的废墟，于是他让何彻底地离开他。似乎已经成功了，杨悠悠然做若无其事状教书、会友、抽烟和吃方便面，何似乎安静地待在家里当全职太太，为丈夫准备晚饭。但结尾处，何又回到了杨那里，他不在，她用钥匙开了他的门……我想，之后呢？这也是可以想像的。

整个影片，这对男女之间没有一句爱的告白。这是对的，他们之间是爱吗？我不知道。其实我们大家根本不知道到底什么叫做爱。正因为如此，应该把“爱”这个词当做一个扶手，好把我们悬空的身体吊在上面。多说一些这样的话：“我爱你”“请接受我的爱”“试一试被我爱的感觉”……越是空洞的东西越容易说出口。从自私的角度讲，也许说出来好受一点吧，似乎自己有了一个定义、一个准星、一个靶子，似乎不那么孤独，不那么黑暗。从这个角度讲，《疯狂婚姻》里的那对男女也算是高人了。

2002/11/14

上帝保佑容易受伤的人

《露茜亚的情人》(SEX AND LUCIA) 在碟迷中间很有名了，因为它是西班牙电影（谁会不喜欢西班牙电影呢？），是朱里奥·梅德姆的作品（这位先生此前的作品就有非常棒的《牛》《红松鼠杀人事件》《北极圈的情人》），它还获得了2002年西班牙最高电影奖戈雅奖的九项提名，最后获奖两项。再就是，按《洛杉矶时报》的评论，它是“一部才华横溢的作品，可能是你今年看到的最具有创造性的情色电影之一”。

但我有一些朋友不是那么喜欢它，或者说不是像他们想像的那么喜欢它。他们有一个理由：作为一部应该具有绝望气息的作品，它太健康了，尤其是结尾，太幼稚了。

这种说法我是同意的。不过，西班牙电影往往如此，即便其中有绝望也是碧血黄沙似的，非常地诗意。这个阳光灿烂的国度，其飞扬跋扈的民族性确定了国民的身上流淌着浓度很高色泽鲜亮的血液。他们没有阴郁，也没有病态，当然也就不太可能有彻底的绝望。说真的，要看正宗的绝望，法国、意大利以及西班牙是看不到的，得到北欧去看。那几个全世界福利水准最高自杀率也最高的国度——瑞典、挪威、芬兰、丹麦，因为自然环境的恶劣，具有一种天生且终生无法摆脱的绝望，他们一生仿佛惟一思考

2002 GAYO AWARDS-BEST NEW ACTORESS/BEST ORIGINAL SCORE
THE 26TH HONG KONG INTERNATIONAL FILM FESTIIVAL
厄爾娜·阿娜亞
ELENA ANAYA
賈瓦爾·卡馬拉
JAVIER CAMARA
丹尼爾·弗勒裏
DANIEL FREIRE
a film by julio medem
sex and lucía
露茜亚的情人

《露茜亚的情人》

的问题就是：是活，还是不活？

我还是很喜欢《露西亚的情人》的。我的喜欢是从露茜亚得知情人死了后跑到一个小岛上开始的。露茜亚来到一个餐厅，她要一份海鲜饭，服务生告诉她，海鲜饭不卖单份的，只卖两人份的。露茜亚看到旁边一桌情侣正在甜蜜地分食美味的海鲜饭，突然间无法自持，一边哭着狼狈地说着“对不起”一边起身离开餐厅。然后，露茜亚大步走在阳光下，自己对自己大声地说：我一个人，一个人，我一个人可以活下去，我一个人可以活得很好……

我喜欢这种孤绝的坚强。扮演露茜亚的女演员帕兹·维加因为这个角色获得了戈雅奖的最佳新人奖。维加和她的这个角色融合在一起，有一种极度敏感易受伤害的气质，但在这种气质的背后，你能信任她可以通过自身，不假借他人之手，一点点顽强地复原，她可以将每一次伤害转化成自身成长的一种滋养，所以，她呈现出一种非常大气的东西，很有光彩。

在回忆镜头里，露茜亚在饭馆遇到她心仪已久的男作家洛伦佐，她告诉他：她爱他，希望能和他同居。她很幸运，洛伦佐在震惊之后立刻就爱上了这个勇敢的女孩。当然，还有一个可能性——她被拒绝了。如果我是导演，我就再拍一个版本，讲一讲被拒绝的露茜亚会有什么样的故事，讲一讲她如何在每一天与一口一口啮噬着自己的那种痛苦搏斗，她在黑夜中一次次失去自己，又在天亮时一次次找回自己，直到某一天，她成了一具白骨，然后重新长出自己的血肉之躯——她成了另外一个人，一个令她自己非常欣喜的新人。

《露茜亚的情人》其实就是讲一具白骨重新复活的故事，不是露茜亚一人，而是好些人，包括洛伦佐、洛伦佐以前的情人。在这一过程中，爱情曾经像硫酸一样将他们腐蚀掉，又像神水一般将他们凝聚起来，并赋予他们崭新的心灵。从这个意义上讲，这部电影结尾的那种健康，那种抛弃绝望回归希望的做法，也不是没有道理的。上帝是保佑容易受伤的人的，因为，他们都是赤子。

2002/11/17

将手心向上摊开

法国电影《天使爱美丽》曾经是2001年最热门的电影之一，在获得一系列欧洲大奖之后，在奥斯卡最佳外语片的竞争中输给了波斯尼亚电影《无主之地》；但看过这部电影的人都不会忘记艾米丽，那个有着巨大的黑眼睛以及梦幻气质的女孩，也因此不会忘记她的扮演者——奥黛丽·塔图。

塔图在《天使爱美丽》之后，像所有一夜成名的女星一样，迅速地接了新片。可以想见她是怎样地被各种各样的剧本包围着。看了她的新片《神婆美少女》，不禁感慨塔图的聪明。如果不是她的聪明，至少应该夸她的经纪人足够聪明。

《神婆美少女》可以说是《天使爱美丽》的延伸版。在这部电影里，至纯至善的“艾米丽”正在进入躁动不安的青春期，她开始成长，也开始混乱，当然也开始痛苦。她已经不叫艾米丽了，现在她叫米歇尔。

模特儿米歇尔二十岁了，和男友分手的第一天，在街上遇见英俊的兽医弗朗索瓦。三十二岁的弗朗索瓦迷上了米歇尔，搭讪之后成功地将米歇尔邀请到自己的床上。没曾想，米歇尔在他的家里自杀。弗朗索瓦沮丧得要命，预感到这个女孩的危险，他将米歇尔送到医院抢救，未等她醒来就

《神婆美少女》

将她交给闻讯赶来的她的女友后逃之夭夭。米歇尔复原之后苦寻解脱良方，她开始读佛教的书，并对外自称是佛教徒。一天，米歇尔和弗朗索瓦再次相遇，在弗朗索瓦的热烈追求下重燃爱火。米歇尔这回真的爱上了弗朗索瓦。因弗朗索瓦是犹太人，米歇尔转而修习犹太教义，欲以之博得爱人及其父母的欢心。却不想，弗朗索瓦是一个无神论者……

这部电影涉及大量的宗教内容，而实质上跟宗教一点关系都没有。它通过米歇尔这个女孩，将世间临时抱佛脚的那份浅薄和滑稽的众生相很幽微地描摹出来。但是，我想任何一个曾经在爱情中遇到过灾难的女人，都不会在这部电影里看到任何好笑的地方。二十岁的米歇尔是我们大家自己，也许我们早不是二十岁了，但她那种失去爱情的迷狂和拼命要抓住爱情的疯癫，于我们都有同感，有时候会觉得，那似乎是从我们心中抓了一个自己出去，然后呈现在了电影里。

我有时要看一点佛教方面的书。当然我也是临时抱佛脚的那种人，总是虚弱、低潮、痛苦的时候才很无耻地向佛求教。就是这样，慈悲的佛也不嫌弃我这种小人德行，也会给我一些指导。我想，如果我要写一部跟《神婆美少女》同样视角的电影，我会在最后用上当今藏传佛教大师索甲仁波切的一个谕示。他说，让我们做个实验，拿起一个铜板，想像它代表你正在执著的东西，握紧拳头抓住它，伸出手臂，掌心向下，现在如果你打开或放松手掌，你将失去你正在执著的东西，这就是你为什么要握紧它的原因。索甲仁波切说，其实还有另外一个可能性，那就是你将手心朝上，然后，把手松开——那铜板依然还在你的手上，你放下了，但铜板依然还是你的，连铜板周围的虚空也是你的。

在《神婆美少女》的结尾，米歇尔陷入了一片茫然之中。这个结尾当然是对的，她才二十岁，有的是本钱在这个世界上冲撞一番。对观众来说也是好事，也许，我们能在以后的电影中跟踪一个女人的成长。

2002/11/22

我的《教父》十五年纪念

从1972年首映以来，《教父》(THE GODFATHER)已经三十岁了。最近有杂志做了一个专题：“《教父》三十年纪念”。真是深得我心啊。关于《教父》在电影史上的意义以及在影迷中间犹如神祇一般的地位，那是不用我在这里唠叨的。我只说它对于我是什么。是什么呢？我真也说不清楚。我只知道，十五年来，每隔一两年，我都看一次，从录像带到VCD，再到DVD。我反复重看的是《教父》一、二集，看一次要六个多小时。我从来说不清楚它给过我什么，可能是给得太多吧，我无法数点；但我好像从来又没能从中得到过什么，它几乎什么都不肯给我，因为我恰恰就是它不愿意给予的对象。对于一个中了毒的女人，它是吝啬的。

我知道很多男人非常迷恋《教父》，如果他正好有对应的慧根，这部电影可以影响他的一生；我迷恋《教父》，从根本上讲，是因为我迷恋迈克尔·科里昂。但我无法述说这个人，他的极度复杂背后的那一点单纯的念头，他的冷血寡情背后那颗全力付出的心，都让我非常恍惚。他的脸曾经那么让人感觉温暖，渐渐地，他在黑暗里沉思的神情令所有的人都非常畏惧，无论是爱他的人还是恨他的人。从人人吻他的手背开始，他深渊一样的内心再也不对人打开，他像他父亲一样，成为阴郁老辣的教父，介于神和人之间，甚至，他比他父亲走得还远——他可以一晚上站在窗边，等

The Godfather
PART
教父
续集
"长刀乱舞，子弹横
是迈向权力顶端的必然手
艾尔帕西诺《13天》
奥斯卡影帝马龙白兰度《巴黎最后的探

《教父·续集》

待着不远处的海上他的杀手杀死他哥哥弗雷多的枪声响起(这个时候的迈克尔，只有弗雷多这个兄弟了，大哥杉尼早就死了)。那一刻，他是这个世界上最绝望的人，但是，他连绝望都可以咽下去。

也许，我如此迷恋迈克尔还是因为他有过凯——他爱过的女人。他也会爱上一个女人吗？当他觉得这个女人伤害了他时，他可以绝情到令人齿寒的地步。在第二集里有一场戏：离婚后的凯趁迈克尔不在，偷偷回到原来的家看她的两个孩子。迈克尔的妹妹康妮慌张地冲进屋里，让凯赶紧离开，他快到家了。凯手足无措地边往外走边和孩子亲吻告别，刚走到后门时，迈克尔从前门进了屋。他像一个鬼一样地死死盯着凯，眼里是永不饶恕的怒火。他走到门边，砰的一声，把凯关在了外面。

我不知道经历了迈克尔这样的男人，一个女人会有一种怎样的感觉，大概此生会觉得虚脱、寒冷，空。像凯这样的女人，她不会再爱上另外的男人了。在迈克尔之外，没有任何一个男人能给她这种强度的爱情，这么可怕的爱情。

那个杂志做这个专题时有两句话让我动容。一句是，“迈克尔有时也想做个普通人吧，就像我们都想做他”。还有一句，“我们这些自称影迷的家伙，何尝不是在利用这个称为电影的东西，来抵御那些让人深不可测辗转反侧的黑夜触须”。在我看来：如果一个男人迷恋《教父》，那是正常的，因为《教父》教男人的就是如何获得权势并维护这种权势；如果一个女人迷恋《教父》，那是因为她曾经遇到过像迈克尔一样的男人，或者说，她希望遇到一个像迈克尔一样的男人，她想做一次凯，然后终生享受那种惨痛。这样的女人是不正常，是中了毒的，就像我一样。

2002/12/1

千娇百媚之下的灰烬

看《八美千娇》(8 FEMMES)，心里不是滋味。

跟2001年由夏洛特·兰普林一人单挑《沙之下》这部女人独角戏不同的是，2002年法国新锐导演弗朗索瓦·奥桑在新片《八美千娇》中，汇集了法国影坛上八位重量级演员来联合出演，她们中有凯瑟琳·德纳芙、伊莎贝尔·于佩尔、艾曼妞·贝阿、芳妮·阿尔丹、维吉妮·勒德瓦扬等，个个都是一线明星或资深演技派大牌。说来是一场演技的火并，但在我看来，没有硝烟味，因为所谓的演技都被奥桑这部电影的那种怪诞和喧闹给覆盖了。八位女星合力制造出了一种非现实的气氛，直抵现实的核心——所谓人性的灰烬。欧洲电影奖让八位女演员一起获得了最佳女主角奖，也就是奖励这种合力的效果。

奥桑说，长久以来，他就一直想拍一部完全由女性挂帅的电影，而且，是一部女性视角的电影。对于一个年轻英俊（奥桑三十五岁左右，很帅的哦）的男性导演来说，这个想法让女性殊为感动。那么，他拍出的《八美千娇》是个什么模样呢？他自己说："《八美千娇》是个理想的女性电影题材，有着警匪片里应该具备的错综复杂和阴谋情节，但我却刻意淡化处理这个部分，转而去强调人物性格本身的深度，以喜剧的方式交代大家庭里

《八美千娇》

的复杂人际关系以及八个女人之间的竞争关系。”

这是个类似阿加莎·克里斯蒂风格的谋杀案题材：20世纪50年代的一个早晨，法国某地一座豪宅里，男主人马修被人刺死在床上。家中没有外人进出，所以，这个宅子里的八个女人都有凶手的嫌疑，而且，她们各有动机。沉溺于个人寻欢作乐的妻子、对姐夫有觊觎之心的小姨子、财迷的岳母、贪财的马修之妹、乱伦的大女儿、对虚伪的亲情感到愤怒的小女儿、迷恋马修之妹的黑人女仆和与男主人有私情的白人女仆。一群病人，集中在一座宅子里，各怀鬼胎各行其是，相互诋毁但又相互依赖。

《八美千娇》完全没有这类题材惯有的阴郁色彩，它相当明丽，女人之间无休止的滑稽的争吵，再伴以歌舞场面，从观看效果上讲是相当轻松的。奥桑说，他“采用的是彻底的反现实主义的手法，片中的女性美是经过人工矫饰以及风格化处理的，让女演员尽可能地炫耀她们的美丽，如此一来她们才能够满足观众的想像；而越是这样扭曲奇怪的价值观，越是加强光鲜亮丽表象之下的残忍与诡谲”。这是奥桑的特出之处，像“沙之下”一样，他似乎总能看到“……之下”的东西。

这部电影讲的是亲情之下女性对男性的仇恨，但是更重要的是讲述女性之间的仇恨。有一段时间，我和周围的女友传看美国系列电视剧《欲望城市》，同时也在热烈讨论女性之间的关系。我的看法很悲观：女性和男性之间，没有沟通的渠道；女性与女性之间，只有相对沟通的渠道。一句话，人与人之间从根本上讲无法沟通。而且，女人之间的翻脸动机可以是非常细小的，翻脸速度可以是疾风电闪般的。对女人来说，男人从根本上讲其实是路人，女人从根本上讲则可以是敌人。所以，女人跟女人还是要亲密得多。

这些想法在《八美千娇》里得到了对应。我应该——我应该怎样地感受才对？其实，我心里很不是滋味。被男人这样看白，有一种身为女性的总体上的沮丧。

2002/12/15

西洋景

《裸体漂流记》（NAKED STATES）一开头就特别有趣。一个不太暖和的早晨，摄影师斯宾塞·屠尼克在纽约街头指挥一群自愿者脱得精光挨个儿躺在街面上。他正忙活着准备拍摄，警察来了，把他给抓走了。过了几个小时，斯宾塞从警局里出来，笑嘻嘻地告诉观众：我没事了。

这不是故事片，是记录片。《裸体漂流记》记录了美国人体摄影师斯宾塞·屠尼克历时五个月，穿越美国各州召集人们公开拍摄裸体照的整个经过，非常有趣。斯宾塞的艺术理念认为应该把人体置于公众场合或自然环境中，从而彰显出人体本身的张力。且不说这种想法是否有意义，单看他的这次旅行拍摄历经周折最终大获成功，其本身就构成了一次很有意思的行为艺术活动。

片中斯宾塞殊为不易。他到一个城市，就站在街头将印有他艺术主张的传单发给路人，邀请他们参加。多数人很有礼貌地拒绝了，也有一些人被斯宾塞富有煽动力的语言给吸引住了，很少有人当场拍板，更多的自愿者表示可以考虑，待征求亲友意见后加入。斯宾塞的拍摄对象，如果是一个人或者两三个人时，他一般选用的都是体型非常普通或者异常的人，比如有如一堆肉山的黑姑娘，老迈的男人，孕妇等，或者将一个白人和一个

《裸体漂流记》

黑人置于一个画面内，形成肤色的强烈对比。这些照片都在影片中进行了定格的展示，画面上通常意义的人体之美是谈不上的，但那种人体本身的赤裸裸的张力却是相当突出的。这中间没有什么淫邪的意味，拍摄者和被拍摄者以及我们这些观看者之间，构成了一种奇特而清纯的交流。当人体的出现既没有性的气息，也不具备通常意义的美的感觉时，那会是一种什么样的状态？也许，这真的能唤起人们对生命本真的那种朴素而微妙的敬畏之心。

斯宾塞的艺术活动被各家媒体报道后，他在后期的拍摄就比较顺利了。人们在一个城市看到他时，知道这是个有点古怪的艺术家，绝非街头骗子，于是，因为各种原因加入他的拍摄的人也越来越多。这个时候，斯宾塞拍摄到了人类有史以来最为巨大的一些裸体场面，比如，在天体海滩几千人参加的场面，以及在荒漠中六万人参加的场面。这些场面被照片定格之后，的确有一种非常骇人的效果。我对这些照片是不喜欢的，原因之一就是它的过分宏大。我对宏大的东西一向比较警觉和排斥，何况，斯宾塞的宏大还是过分的。另外一个原因，那就是我很怕这些照片，几千人乃至六万人，裸体躺在地上，在我看来像尸横遍野的屠杀场面。生命在这里犹如蝼蚁一般，泛滥且微不足道。如果给观者带来这种感受，那么，这跟斯宾塞起初的展示身体从而尊重生命的主张是背道而驰的吧？

这样的艺术活动想来也就是在西方才能实现吧。对待自己的身体，东西方观念差异很大，这中间并没有高下之分。有朋友问我，《裸体漂流记》是个什么样的片子，我说，西洋景，好看，好玩，有意思，但跟我们大家没关系。

2002/12/15

用针挑土将你埋葬

1958年，日本政府开始全面实施禁妓法规。但是，也就在这个时候，富吉艺妓院的杂佣凉子姑娘决意要当一个艺妓了。她在这里已经待了四年，从一个小姑娘长成了一个清丽可人的少女；四年来，她努力学艺，勤奋劳作，深得艺妓院老板和众位艺妓的喜爱。而在四年里，凉子看多了男女纠葛，也渐渐习得风月场上的奥秘和甘苦。她对艺妓生活不反感，这是前提，而更重要的是，她要为她贫穷苦难的家人挣钱。要成为一个初级艺妓是要花很多钱包装的，所以，初级艺妓必须将处女之身献给她的投资人，这是行规。凉子要献身的对象是一个78岁的富翁。

成为艺妓的前一天，老板准凉子的假，让她到她想去的地方看看她想看的人。凉子来到锯木厂，远远地看着她一直默默喜欢的那个男孩。他没有看到她，径直在埋头干活，因为想着用汗水换来的未来值得憧憬，男孩的脸上荡漾着明媚的笑意。凉子含着眼泪微笑着远远地看着，终于，眼泪还是落了下来……

这是日本大导演深作欣二的作品《艺妓院》(THE GEISHA HOUSE)里的故事和一个情节。笑里含悲，苦中作乐，人生繁丽的盖头和悲凉的底座融合在一起。这是深作欣二的风格。

FROM INTERNATIONALLY ACCLAIMED DIRECTOR
KINJI FUKASAKU
导演：深作欣二
主演：宫本真希
南果步 喜多岛舞
艺妓院
THE GEISHA HOUSE

《艺妓院》

想想他最出名的作品《蒲田进行曲》。松坂庆子演的小夏，那天真艳丽欢快的面孔，现在想来依然令人心酸动容。

《蒲田进行曲》大概是在80年代末期引进到中国的，由上海电影译制厂配音后在全国影院公映。那个年代开始进入青春期的人，没有看过《蒲田进行曲》的是很少的。如果是男的，一定对小夏倾心不已；如果是女的，那就难说了，风间杜夫演的银四郎倒是英俊，但太坏了，太痛苦了，还神经兮兮的，很难获得80年代少女的好感（那时候我等的日本偶像铁定是三浦友和，俊美、正义、情绪稳定，虽然现在看来呆了点，但当时呆得恰到好处）。另一个男主角是平田满演的安次，丑、窝囊、善良，关键时候还有一股子发狠的劲，这当然只是一个赞美对象，而不是梦中情人。

没有偶像的一部电影，在我等这种以追美男之星起家的影迷心中，十几年来还印象深刻，完全归功于深作欣二的作品风格。《蒲田进行曲》的题材很吸引人，演艺圈中的事，明星（银四郎）和龙套（安次），明星的女人——怀了身孕被抛弃但依然痴心的小夏，安次和小夏。这几个要点组合在一起，一场浮生如梦的好戏就立住了。深作欣二把这部电影拍得嬉闹、喧嚣、夸张，还有一点点愚蠢，但在这部电影的深层，他给了观众酸楚难当的泪水和无所适从的悲凉。

在东方，悲喜剧题材的电影，在我看来日本拍得最好。这跟他们的民族特点是一致的：悲喜交集，这是个习惯将悲与喜混合在一起一并饮下的民族。这类电影中的佳作，就有《蒲田进行曲》，也有《艺妓院》。

看凉子在锯木厂含笑落泪而去的那场戏时，我难以自持。她这就和他永远告别了，这么远远地看上一眼，然后，在自己的心里挖出一个墓穴来，把这温暖的一眼垫在最下面，把他平放在上面；从此以后，用针挑土，一天一天一点一点地埋葬他。

常言说，“女人心，海底针”。这根海底针其实就是这个用途。成为艺妓后的凉子不叫凉子了，她叫奥玛查。她艳丽得像个偶人，被无数的男人觊觎、观赏、占有。她看上去像是非常静谧而轻快，但只有她自己知道，那个他究竟被埋葬到什么程度了。

我还记得《蒲田进行曲》的结局：小夏生下孩子，安次和朋友们围着她和婴儿欢呼，突然，屏风轰然倒下，镜头拉开，露出片场的全景——这么美好的结局，不过是一出戏罢了。深作欣二不作任何完美的假设，他把人生残酷的底子兜给你看。《艺妓院》的结尾也是同样的味道，画面华丽得如一幅活动的浮世绘，艳名如帜的奥玛查欢乐地舞蹈着，但人生还是那个底色——坟场的颜色。

2002/12/30

关于朱丽安·摩尔的新旧文字

美国科幻电影《进化》里面全都是些稀奇古怪的史前动物，其中有巨大的蠕虫。我是从电影杂志的介绍中了解到这一点的。我是最怕看虫子的，但是，我居然为了这部《进化》颇犯踌躇。科幻题材我从来不感兴趣，而且可以想见好莱坞的科幻题材是个什么模样，何况还有虫子，这样的电影我有什么好犹豫的？就是因为朱丽安·摩尔。看介绍说，她在里面演了个女科学家。

朱丽安·摩尔是一个什么样的女人？我想谁都难以概括她。她身上有一种最为明显的特质，就是复杂性。她的容貌也体现了这一特点，时而光彩夺目，时而家常亲和，时而黯淡无色，惟有那头赤红的头发，永远地彰显她的坚韧不屈。在我眼里，摩尔是被伤害的代表性女人，我喜欢她从不展示伤口并独自疗伤的那种感觉。面对银幕上下，有两种女人我很敬佩，一种是修炼到家百毒不侵式的，比如朱迪·福斯特，一种就是朱丽安·摩尔这种，受伤，愈合，再受伤，再愈合……在这个过程中，她获得了最好的成长经历。

我还是没有看《进化》。

但我有点想念摩尔了，我已经很多年没有见她了。自从她被好莱坞主

朱丽安·摩尔主演的《远离天堂》

流电影接受，并成为票房宠儿之后，我就没有见她。她在斯皮尔伯格的《失落的世界》里的演出，我没有捧场；《汉尼拔》中，据说比前任朱迪·福斯特演得还棒，但我连看一眼的念头都没有——恐怖片是我的禁区。前些年，看了她在《亡命天涯》中那几分钟的戏（她是从这几分钟开始被好莱坞大片接受的），也看了她和休·格兰特合演的《怀胎九月》，其中她扮演了一个喧闹的美国大妞，这个角色谁都可以演。

当然，摩尔在好莱坞主流大片中也是出色的。就算是《亡命天涯》中那几分钟的戏，也能让人感觉惊鸿一瞥——纤细、强硬、神经质。但是，这可是曾经的"独立电影皇后"啊，哪能如此屈就呢？在我看来，摩尔在好莱坞其实无所作为，虽然她那张刁俏的脸和一头赤红的头发被更多的人所熟悉了，但是，这本不是摩尔该走的道路。她生来就应该是属于少数人的，更多的关注会磨损她的光芒。我觉得，她像敦煌壁画，强光会腐蚀这种美，甚至，庸常的目光也会腐蚀这种美。

我是相信一点的，一个人或一件物品，在浊气中待久了，也会浊了。"出污泥而不染"，这是谎言，我不信的。我觉得另外一句话是真理，"近朱者赤，近墨者黑"。我在看她发迹之后和拉尔夫·费因斯合演的艺术片《爱情的尽头》时，就很遗憾。在这部片子里，摩尔的优秀只是好莱坞式的优秀。

这样说朱丽安·摩尔殊不公平。连我们这种卖文者都要为稿费妥协，哪能要求摩尔一直守在"独立电影皇后"那寂寞的宝座上，饿着肚子就为让我们这些艺术片爱好者过瘾？我是懂道理的，但那股惆怅之气却久久挥散不去。人就是这样自私。

我特别怀念她在《毕加索和他的情人》里面的表演。在这部影片中，摩尔扮演毕加索众多情人中最悲惨的一位——多拉，一个女摄影家。我见过多拉本人的照片，在那张照片里，多拉用手臂挡住了部分脸颊和额头，她因她的智慧而显得十分凌厉和不屑，很像一个爱情失意后大彻大悟的德国女子，有一种柏林的冷艳。

摩尔长得很像多拉，不是五官像，而是气质上像。这也就是摩尔本身的才华了，她可以潜入一个角色的灵魂里面，从而真正达到神似。对毕加索的情史有兴趣的人都知道，毕加索和多拉在同一精神层次上的相互折磨最为惨烈，他们从口角到对骂再到大打出手。一些毕加索的朋友回忆说，毕加索常常将多拉打得不省人事。醒过来的多拉号啕大哭，这一场面被毕加索画进了一幅幅肖像里，命名为《哭泣的多拉》等。在立体主义的这些肖像里，多拉显得很难释读；有人问过毕加索，他说，我画的是狗脸。在这部片子里，摩尔演活了这一切，她把一个敏感而易受伤害但又不甘心的女人演得那么逼真，让人噤声。我记得有一场戏，是多拉和毕加索还有几个友人在酒馆里，毕加索发现了新的猎物——清纯的女学生弗朗索瓦，他像一只猫嗅到了鱼味，扔下多拉，径直走到弗朗索瓦面前，目光炯炯地说："你好，我是毕加索。"这边镜头里的摩尔似乎见惯不惊地抽着烟，眼神轻慢，带有微微的讥讽，似乎在说，"老毛病又犯了"。但是，她的眼神背后是一阵突如其来的恐慌和长期堆积的伤心，还有一股竭力压抑的愤怒。这几个层次，摩尔在一个特写镜头里全部完成了。当时，我在观看这一段时，对摩尔的演技只能用"叹为观止"来形容。

关于这部电影，我写过这样的文字："多拉和毕加索之间的故事很像是又一个'卡米尔·克罗黛尔和罗丹'。克罗黛尔比多拉多了一份才华，也多了一份仇恨。多拉到了后期，穷途末路，她好几次将自己的衣裙撕破、脸弄脏，作悲痛欲绝状奔至毕加索的住所，称自己被人强暴，想借此来试探毕加索是否还残存一点嫉妒心。多拉跟卡米尔一样，以精神分裂作为一种最终的解脱。阿佳妮和朱丽安·摩尔都特别适合扮演这种无法在日常生活中立足的女人，她们聪明绝顶，似精灵一样，无法在生活的尘埃里呼吸生存。”

就是这个词——精灵。对于摩尔这样精灵般的女演员，我哪里舍得她降落到人间？

最近，摩尔在新片《时光》中的角色已经被提名奥斯卡了。在这部以弗吉尼亚·伍尔夫贯串全片的作品里，摩尔和妮可·基德曼、梅丽尔·斯特里普在一起大飙演技。如果没有摩尔，我会说没有谁比得过斯特里普（她正是好莱坞演技派的巅峰人物）；有了摩尔，我不敢说这话了。但是，在没有看过这部电影之前，我也不敢肯定摩尔会是个什么样子。她从前的魂魄还能在这部电影里重现吗？我寄予厚望。

2003/1/4

对她说，对他说

如果你对一个人说话，那人没有反应，那么，你能坚持多久？一天？一个月？还是四年？如果你爱一个人，那人没有反应，那么，你能坚持多久？三个月？五年？还是一生？

在阿莫多瓦的新片《对她说》(PARLE AVEC ELLE）里面，一个叫贝尼诺的男人把说话坚持了四年，把爱坚持了一生。他每天对着他心爱的女孩——因车祸成了植物人的舞蹈演员阿里西娅不停地说话。四年后，女孩终于醒了过来。但贝尼诺死了。

另外一个男人，马克，有着跟贝尼诺同样的遭遇。他的女友，斗牛士莉迪娅在表演时受了重伤，成了植物人。在同一所医院，马克看着终日喋喋不休的贝尼诺，觉得这人非常怪异。他对贝尼诺说，这有什么用？她听不见的。贝尼诺说，她听得见，只是无法回答。

两个遭遇同样不幸的女人有着不一样的结果。莉迪娅无声无息地去世了，去世的时候，马克在外游历，看到了报纸上的消息，他非常难过，也感到解脱。他没有任何可以让人指责之处，因为从医学上讲，莉迪娅没有知觉，对外界的一切不会有任何反应。这样的离去也多少让爱她的人感到欣慰吧——她没有痛苦。这是人之常情，跟医学判断一样，是在人们理解

El Deseo.S.A. Presente en collaboration avee A3 Tv et Via Digital
un film de
Pedro
Almodovar
parle
对她说
avec
elle
Javier Camara
Leonor Watling
Dario Grandinetti
Rosario Floresavec

《对她说》

的范围之内的。但是，对照贝尼诺那偏执狂一般的做法，人们也许会有一种震撼和疑惑吧——莉迪娅真的就是这么毫无知觉毫不痛苦地走了吗？她走得也许非常孤独非常凄楚吧。

我相信人是有灵魂的。也许正是这个原因，我很爱《对她说》这部电影。阿莫多瓦在这个新作里，一反其惯用的女性视角，用两个男人担当主角，并通片贯串着男性视角。但是，《对她说》却是阿莫多瓦所有作品中最为柔软和潮湿的一部作品。我在这部电影里看到了那种最痛楚最隐秘最安静最美丽的爱情。拥有这种爱情的人总是独自一人哭泣和享受，完全不被别人理解，甚至连他（她）爱的人也不理解。

这个时代，话语本身因为泛滥而廉价，从而使人们对它们丧失了信任感。不说话的人非常有理由，说很多话的人也非常有理由——反正说了等于不说，不说白不说。现在，谁要说“爱情”这个词，周围人全部牙酸，谁要说“我爱你”，常常会把对方吓着，进而疑窦丛生……越是人们真正想要的，就越是一种话语禁忌。

其实，遵守这样的禁忌不是聪明，而是贫弱。人要自卫是一种本能，但是，自卫了，又能怎样呢？会幸福一点吗？坦率一点并信任话语本身的意义，把自己豁出去，又能怎么样？最惨也不过被人嘲笑吧。嘲笑就嘲笑吧，那又能怎么样？

我很喜欢特蕾莎修女的一段话：“如果你做善事，人们说你自私自利，别有用心，不管怎样，总是要做善事；如果你成功后，身边净是假的朋友和真的敌人，不管怎样，总是要成功；诚实与坦率可能使你易受攻击，不管怎样，总是要诚实与坦率；将你拥有的最好的东西奉献给世界，你可能反而会被踢掉牙齿，不管怎样，总是要将你拥有的最好的东西奉献。”

在《对她说》中，如果你像阿莫多瓦所说“有一颗心”，就会被贝尼诺这个男人给深深打动。他的身上有一种圣徒的品质。我注意到，阿里西娅醒来后，阿莫多瓦让这个角色的眼神里有了一种永恒的东西，它深埋在心里，秘而不宣。我想，这应该是阿里西娅在对着贝尼诺的灵魂说话吧。阿里西娅会说，他听得见，只是无法回答。

2003/1/5

对生与死的双重轻蔑

大岛渚的影片《御法度》（TABOO）的结尾是这样的：春天的夜晚，细雨如沙，远处传来人被杀掉时那一瞬间的惨叫声。土巴（北野武饰）拔出剑来，悲怆地呢喃道："木村，你太漂亮了。"剑一挥，一棵开得极盛的樱花树被斩断，徐徐倒下。

这个结尾有一个悬念。是"太漂亮"的木村平野被风子杀掉了，还是风子被木村平野杀掉了？应该是木村被杀掉了吧，他一向不是风子的对手。

1865年，日本最后的幕府时期。一个武士团队里来了一个新成员，叫做木村平野。他漂亮得炫目，既有男性的挺拔英武，又有女性的精致美丽。武士们看他的眼神全都有了内容，其中包括跟木村一同来的佐藤西治。很快，佐藤成了木村的第一个情人。在以后的日子里，木村成了很多武士追逐的对象，他们为争夺木村而妒火燃烧、杀心旺盛。有人死掉了，也有人被袭击。武士头目土巴对木村说，他认为这是佐藤所为，让木村杀掉佐藤。木村毫不犹豫地接受了命令。土巴告诉木村，他将和助手风子躲到一边观看。

这就到了影片结尾的那一幕了。

夜里，雨中，木村和佐藤远远走来。木村突然拔出剑来向佐藤刺去，佐藤惊愕中拔剑应对。打斗中，木村大声宣布佐藤的罪行：因为你暗杀和袭击，所以要被处死。佐藤大叫：暗杀和袭击都是你做的事情，是你故意陷害我。躲在暗处观战的土巴和风子听到这样的对话面面相觑、不知究竟。

渐渐地，木村处于下风，他的剑脱了手，脚下一绊，跌倒在地，佐藤的剑刺向他的喉咙。木村低声说道:“原谅我……”那神态娇媚万分，摄人魂魄。佐藤被木村的媚态击中，一走神儿，松了手上的剑，被木村夺过，转手刺穿了佐藤。然后，木村站起来，又在已经死掉了的佐藤身上猛刺几下。

木村走了。这边土巴和风子互相嘟囔道：“他刚才对佐藤

《御法度》

说了什么？他究竟对佐藤说了什么？”

木村的残忍应该说大大出乎土巴和风子的意料。他们很震惊，同时感觉到非常危险。这就是风子要去刺杀木村的原因。其实，土巴和风子在这个夜晚之前已经倾心木村很久了，但直到这个夜晚，他们才觉得有要发疯的感觉。他们都知道，必须要除掉这个尤物、这个祸水，才能让自己的神智恢复清明。

《御法度》的美学原则说来跟三岛由纪夫的著名小说《金阁寺》如出一辙，表现的皆是因无法抵达彼岸之美而萌生的毁灭。金阁寺因为太完美了而被烧掉了，木村也因为过分美丽惹来杀身之祸。

但是，木村的美是没有善意的。这是个被恶缠绕的美少年，他的残忍铺展在他完美的五官、肌肤和体形之下。第一次作为新手杀人时，木村的眉头都没有皱一下，土巴在一旁想，“他肯定是杀过人的”。当被人问起为什么要当武士，木村说：“因为想拥有杀人的权力。”而到最后，他杀掉情人佐藤的手法，终于让杀人如麻的土巴和风子都不寒而栗了。

我们在《御法度》里找不到任何关于木村身上那种恶的缘由。

三岛由纪夫曾经在一篇随笔里谈到古罗马雕像“安提诺乌斯”，他写道：“眼前的这尊雕像是这么年轻而有朝气、这么完美、这么声誉卓著，这么健美的肉体，内里蕴含的难以言喻的阴暗的思想，是通过什么途径以至可以潜藏起来的呢。说不定只是这个少年的容貌和肉体就像阳光似的光辉灿烂，从而浓重的阴影自然地接踵而至。”这段话，用来解读木村平野这个人，倒是很贴切吧。因为没有答案，这就算是答案吧。

三岛由纪夫的美学原则和无意中的人物解读，都和大岛渚在《御法度》中的创作理念吻合在一起。如果说，大岛渚很受三岛由纪夫的影响，这应该是说得过去的。这两个日本男人，分别在文学和电影两个领域里，袒露了他们那种决绝的怪异的充满了唯美精神的人生观和艺术观。

木村的扮演者是松田龙平。他在这部影片中没有任何笑容，神态很像他的父亲——松田优作。我们很多人对他的父亲应该记忆深刻——电影《人证》中的男主角，那个追捕八杉宫子的警官。松田龙平承袭了他父亲那种冷漠疏离的气质，但是，他的长相比他父亲柔美了很多，几乎完全成为了一个中性人。这种中性的美貌是没有人味的。

世间有一种肉体之美，充满了对生与死的双重轻蔑。如果放在人性的角度看，它既在人性的底部，也在人性的顶部。顶就是底，底就是顶。这一点，可以在松田龙平扮演的木村平野身上找到。另外，我觉得还可以在现实中的另一个木村身上找到一些碎片般的印象，这个木村，叫做木村拓哉。

2003/1/8

你那边几点？

我早就买了蔡明亮的《你那边几点》(WHAT TIME IS IT THERE)。朋友错过了这部影碟上市的时间，找我借。我是买回来那天试效果看了十几分钟。那天忘了什么事，喜悦得又鼓又胀，红彤彤的，跟红气球一样，哪里看得进去灰色的蔡明亮。借给朋友的前一天晚上看了《你那边几点》，然后被这个台湾人弄得了无生趣，关灯睡觉。还没睡着，电话响了，是国外一个女友打来的。我随口问："你那边几点？"女友说："差十二个小时啊。我刚吃完午饭，吃多了，拿你消食。"

在《你那边几点》里面，那两个人差了七个小时。男的在台北，女的在巴黎，就这么差着七个小时地活着，谁都没办法拿对方消食，因为根本不通音讯。

我第二天对朋友说，看这种电影，真的难受，跟生活一模一样，没有爱情，没有梦想，没有故事，没有噱头。朋友说，好，这种电影就是我喜欢的，也是我信任的。

我这个朋友身上有一个著名标签，那就是"不相信世间有爱情"。他觉得，爱情就是一个词而已。我是相信有爱情的，只是很少的人能真正遇到。我跟这个朋友在这个问题上不能交谈，水火不容。

蔡 明 亮 入围戛纳电影节竞赛单元 作品
"A gem! A wonderful,
one-of-a-kind movie!
Hypnotic...haunting beauty.
A quirky love story."
- David Ansen, Newsweek
主演：李康生、陈湘琪、陆奕静
导演：蔡明亮
WHAT TIME IS IT THERE?
A FILM BY TAAL MING-LIANG
FROM THE DIRECTOR OF THE RIVER AND VIVE L`AMOUR
你那边几点
WINNER
CHICAGO FILM FESTIVAL
GRAND JURY PRIZE,
BEST DIRECTOR,
BEST CINEMATOGRAPHY
第37届
芝加哥影展评审团大奖
最佳导演、最佳摄影

《你那边几点》

在《你那边几点》中，其实有一点爱情的意思在里面，但仅仅是意思而已，因为这种爱情本身是假想的、不成立的。

男的叫小康，女的好像叫湘琪吧。小康在天桥上卖表。湘琪临去巴黎的前一天，到小康的摊前买表，都看不中，却看中小康腕上的那块表。小康说，不能卖给你，我在为去世的父亲服丧，你买我身上带的东西，会衰的。湘琪说，不会啦，我信基督的，我就想要你手上那块表。

就这么一次生意上的交道，从此之后，两人各自天涯海角。湘琪在巴黎戴着那块表，过得非常寂寞无奈，吃饭、睡觉、坐地铁，听不懂法语，看不懂菜单。影片中的湘琪就这么在巴黎一个人晃着，无所事事，日子像个空洞，却连自己的回音也没有，因为自己根本连话都没有。影片中没有交代湘琪为什么要远走巴黎，既不是读书也不是工作，可能就是放逐自己一次吧。因为什么一个女人会放逐自己？还能有什么原因，被情所伤，不会是其他原因的。说来恨恨的，女人就这点出息。

至于待在台北的小康，倒是记住了湘琪。他除了拿这个一面之交的女人来做个出口，好像也没有其他地方可以透气。家里父亲去世了，母亲精神有了问题，一门心思等着父亲的鬼魂回家探望，对儿子完全不管不问，母爱荡然无存。小康却怕鬼魂造访，半夜不敢上厕所，白天，待在天桥上麻木地守候少人问津的手表摊，生活中惟一的意思是那个买走他腕上手表的女人。于是，他假想了一份爱情，也就有了一份假想的思念。小康知道她去了巴黎，他打听到巴黎比台北晚七个小时，他把所有的表往回拨了七个小时，心里问她：你那边几点？

我的一个朋友说过一句很有意思的话，叫做“艺术来源于生活，却低于生活”。这话细想不得，想了人就要呆。蔡明亮的作品之所以有这样的震撼力，就在于他用艺术复制了生活，却比生活本身还要无聊。可以说我既喜欢蔡明亮又不喜欢蔡明亮。喜欢，是因为他的电影的确是好电影；不喜欢，这道理太简单了，我为什么看电影？就是因为电影给我生活中不能得到的东西。

我有一些朋友过得很不高兴，基本上都是感情上的问题。有的伤心，有的愤怒，但都有个对象，有段往事，有些记忆。对这些朋友，我是经常拿蔡明亮的电影来做思想工作的。我说，已经不错了，已经高于艺术了，毕竟还算是有故事、有噱头，也就有点意思了。生活中还有点意思，那真就不错了。

2003/1/15

早上，女人遭遇终极追问

有很多女人都有这样的时刻：早上，醒来了，本该一跃而起，开始新的一天，但是，却起不来，因为找不到起床的理由，她们被沮丧定在床上，睁着眼睛，脑子里一片空白。昨夜的乱梦，依稀可见，像水草一样缠绕在不是太清醒的眼睛上，醒来的这一天也没有一个清晰可辨的面目。日复一日，年复一年，活着究竟为了什么？活着究竟要些什么？

女人们总是在早上醒来的那一刻才能和终极追问相遇。

在《时光》(THE HOURS) 的开头部分，三个不同时代的女人也是这样被定在了床上。她们，一个是1923年的弗吉尼亚·伍尔夫，一个是1949年的劳拉·布朗，伍尔夫的读者，一个是2001年的克拉丽莎·沃恩，被她的情人叫做“达洛威夫人”。《达洛威夫人》是伍尔夫1941年自杀前的最后一部小说，劳拉·布朗对之爱不释手。

开头部分这三个女人从床上醒来无法起身的镜头将我击中，这比伍尔夫往大衣里揣上石头然后让自己沉入河水里的镜头更能击中我。自杀毕竟是例外，它需要彻底的绝望和彻底的勇气。更多的女人，在很多个早上，醒来，让自己在床上死一回，然后，活过来，起床；一旦起了床，所有的信心似乎又都回来了，甚至，还能爱，也许，还能恨。

“THE HOURS”这部电影的中文译名已经不知道有多少个，有叫《时光》的，有叫《流光碎影》的，有叫《此时 · 此刻》的，有叫《岁月挽歌》的，还有叫《小说人生》的，完全把我搞晕了。我就认《时光》了，算是直译，不兜什么圈子。

三个女人中间，最一言难尽的是劳拉 · 布朗，一个外在生活形态无懈可击的女人：很好的丈夫，很好的儿子，很好的家，肚子里怀着第二个孩子。但是，她就是没有幸福感，她就是觉得活不下去，她惟一的慰藉只是伍尔夫的小说。她准备了毒药，带着《达洛威夫人》，来到一家旅馆，准备死。最后关头她放弃了，因为责任，因为肚子里的生命，她回家去了。后来，她还是逃走了，逃到了加拿大，做图书馆员，一个人生活。等她回来的时候，已是2001年，她回来见她自杀的儿子。五十年后，她儿子把她当年想做的那件事给做了。

相比之下，伍尔夫和沃恩的痛苦要容易理解一些了。伍尔夫有精神分裂病史，1941年她给丈夫伦纳德的遗书里的第一句话就是：“最亲爱的，我肯定自己又要发疯了……”而2001年的沃恩，她三十年的情人理查德——劳拉 · 布朗的儿子，一个杰出的作家以及不可救药的病人——当着她的面，从窗户翻身而下，一死了之。他在翻下去之前与沃恩有过简短的对话：“你对我真好，达洛威夫人。”“理查德——”“我爱你。这话听起来很老套吧？”“不。”理查德粲然一笑，说：“世界上没有谁比你和我在一起更幸福了。”然后，他就翻下去了，迎着地面而去。

其实，我们还是不能真正理解伍尔夫和沃恩的痛苦，就像我们自己的痛苦，又有谁能够真正理解？

我看了《时光》的原著（中文译名更是缭乱，叫做《丽影萍踪》），迈

《此时·此刻》(《时光》)

克尔·坎宁安著，获1999年普利策小说奖。在这部小说里有一段，说是沃恩上街买花，遇到拍电影的，一个著名女人的侧影在沃恩面前一晃而过，然后躲到了布景里去了。沃恩断定那是梅丽尔·斯特里普，于是她像所有影迷一样，站在那里多等了一会儿，想再看清楚点。小说写道："是的，她只想多站几分钟，但如果时间再长，她便难以承受心中的羞辱感。她抱着花站在那所活动房子前，紧盯着那扇门。几分钟后（差不多十分钟吧，尽管她不愿承认），她突然离开了，心中愤愤不平，似乎有谁失约，让她白等了一般。"

多么奇妙啊，电影《时光》里沃恩的扮演者恰好就是梅丽尔·斯特里普。

这个由小说串联起来的故事又有了一种新的延伸了。也许，生活本身是不真实的，而小说却是真实的；也许，当女人们梦见自己早上醒来起不了床的时候，就能安然入睡了，也能安心生活了。

2003/2/21

不知道结果的阴谋

一个男人，叫戴杰，爱上了一个女人，叫顺姬。顺姬只爱另一个男人，叫洪杰。洪杰是戴杰的哥哥。洪杰的爱情太完美、太饱足，和顺姬结婚三年彼此都还要写情书倾诉，这还不够，他还必须事无巨细地给戴杰倾诉，才能让自己平静下来。情书其实都是戴杰帮洪杰写的，而洪杰居然丝毫没有发现这里面的异样。顺姬也没有任何察觉。只有戴杰，这个将自己包裹得像一个核桃一样的男人，才知道自己的内心那些雪白的带点苦涩的果肉究竟是个什么滋味。

过于完美和过于饱足的爱情，总给人一种不祥的感觉，至少在电影里是这样的。这部韩国电影叫《中毒》。

洪杰和戴杰一起出了车祸，就在同时，戴杰是在赛车场上，洪杰是在赶去赛车场的路上。两兄弟昏睡一年，洪杰去了，戴杰醒来。醒来后的戴杰不再是那个狂热的赛车手，而是成了洪杰，他像洪杰一样，把手叉在腰上给花圃浇水，做工艺家具，每天早上给顺姬挤好牙膏，每天晚上做好饭菜等顺姬……顺姬不敢相信洪杰附体在戴杰的身上，于是戴杰告诉她情书的内容，他们相识相爱的细节，等戴杰从桌下取出那枚垫平用的硬币时，顺姬不能不相信，这个有着戴杰的身体、面孔和声音的男人，其实就是她的洪杰，因为那枚硬币是她和洪杰即兴在工作室做爱嫌桌子摇晃垫上的。

戴杰几乎要成功了，但是，因为一个细节的暴露，他被揭穿了。这一切对于顺姬来说，是极度震惊，但又有一种手足无措的感动。看到这个地方，我的碟片停在那里了，怎么都走不动了，停在顺姬那张茫然的脸上。

我决定不去调换这张碟了。就看到这里吧，对于我来说，这部电影就算结尾了。

这个故事的“眼”是讲述一个爱情的阴谋。老天成全了这个阴谋，又戳穿了这个阴谋，但最终，阴谋的目的地到达了吗？

我只知道这个过程太令人酸楚。本来注定是有情无缘的东西，偏偏有了那么一点机会，可以让人钻一点空子，于是人抵挡不了这种诱惑，去钻了。最惨的就是那个戴杰。他得到什么了？他把自己牺牲掉了。这样的爱情，是动人的，也是可怜的。

一个人爱另外一个人可以到什么程度？为什么总是那么不甘、那么受苦，甚至可以让自己成为另一个人的替身？这是伟大还是愚蠢？我们可以问这样的问题，但是，千万不要自以为是地认为自己可以给出一个回答。最近我写完第二部长篇小说，给几个密友看了。她们中有两个对我说，不喜欢这里面的爱情，太卑微了，我自己是不会有这样的爱情的。我说，是的，谁也不喜欢这样的爱情，这部小说的几个原型在遇到她们卑微的爱情之前也是这样对别人说的。

对于少数人来说，爱情其实是他们人生的一场意外事故，像一次车祸，或者像一次失足落水。谁能保证自己在撞车或落水的那一瞬间不尖叫、不挣扎、不做出一些稀奇古怪的动作？当然，这样的爱情还是不要遇

《中毒》

到为好，但是，人生太长，灾难来得又太陡峭，如果能够幸存，那就善哉善哉了。

2003/2/24

（本文后记：我的第二部长篇小说于2003年6月由春风文艺出版社“布老虎丛书”推出。出版前书名迟迟定不下来，我和出版社反复商量了几个来回，各自拟订的几个书名都不能达成共识。最后，我突然想起了这部电影，想起了我这篇文章。于是，双方一拍即合，就是它了，《中毒》。）

笑，笑人生致命的错误

好几年前就听说了日本电影《盗信情缘》(POSTMAN BLUES)，说的人说来说去只有一个词——经典，并附以那种好片观止无话可说的表情。我不知道这个“经典”是什么意思，电影史上有多少“经典”可以把我们闷死，也可以说，我们就是从好些“经典”的憋闷中逃生出来的，现在终于有了那么一点点道行来享受电影。

后来看过一点点关于《盗信情缘》的文字，那上面的中心意思说——这是一段浪漫而残酷的爱情。这样的说法无法引起我的好奇。有些爱情题材的电影我会这样评价——因为那份太傻的浪漫而使我们浪费了时间，残酷地对待了自己。

《盗信情缘》是1997年的作品，如果存心想找的话，当然早该找到了，可是没有这份心思。到了2003年过了春节，才遇到这部电影的“新版”DVD，终于看了——

天哪，什么叫相见恨晚！

且慢！说不定我就是被安排在此时此刻和它相遇的。不晚，无恨，正是时候。早了，也许我理解不了那里面彻底的荒诞、荒唐和荒凉；晚了，说不定我连荒诞、荒唐和荒凉也看穿了，心里再也激不起丝毫波澜。

人生太年轻太饱足太容易意满志得也太容易灰心沮丧，那么，看《盗信情缘》可能会生出一份夸张的愤怒和几分清澈的伤心；但是，如果到了内心安忍、波澜不兴的时候，看这部电影也就什么都看不到了，或者说，就只是把它当做喜剧看了。我觉得自己现在还好，好像正处在一个交界点上。

一个叫泽木的邮递员，一个叫小夜子的患了绝症的女孩儿，一截断指，一个装着兴奋剂的包裹，一个黑社会小混混，一个杀手，还有就是一大帮歇斯底里的警察……构成了《盗信情缘》的元素。

当然要笑的。全日本杀手大赛（居然有这样的比赛？反正《盗信情缘》里有），第一个出场的是杀手“leon”，他左手抱着一盆植物，右手掏枪射击，全部命中靶心，看也不看，转身就走。第二个出场的是“青霞小姐”，风衣、金发、红唇、墨镜，白得像歌舞伎似的脸，先掏出烟点上，然后拔枪射击，也是看都不看全中的靶心，转身就走……对电影熟悉一点的人哪能不笑，“Leon”取自吕克·贝松的《这个杀手不太冷》，“青霞小姐”来自王家卫的《重庆森林》，且用的都是特征性造型。

这是导演萨布的噱头。整部影片中，他总是不停地制造噱头，让人忍俊不禁。那个在追捕过程中出现幻觉、以为自己在奥运会上获胜的自行车高手，那个发现“疑犯”未等报告就被警车撞死的警察，那个以为出人头地的机会来了、什么事都不知道就高喊着“让我来”的黑社会小混混野口……这是一部几乎让人从头笑到尾的片子。

主角泽木不知道这些可笑的事情，他什么都不知道。他是一个纯善但有恶习（酒醉时撕别人的信看）的邮递员，一门心思让他心爱的那个女孩——得了绝症的小夜子有一丝依靠和安慰，他骑着自行车飞跑着，想

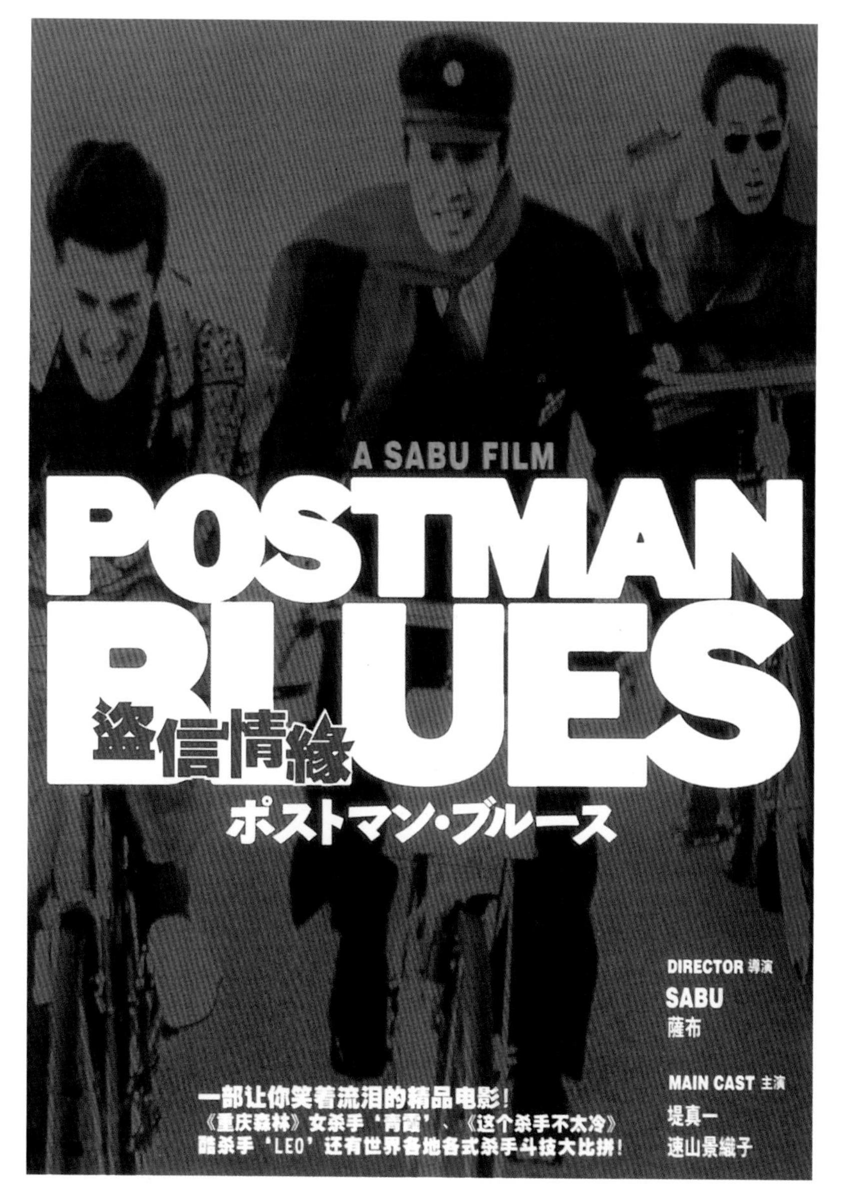
A SABU FILM
POSTMAN BLUES
盗信情緣
ポストマン・ブルース
DIRECTOR 導演
SABU
薩布
MAIN CAST 主演
堤真一
速山景織子
一部让你笑着流泪的精品电影！
《重庆森林》女杀手'青霞'、《这个杀手不太冷》
酷杀手'LEO'还有世界各地各式杀手斗技大比拼！

《盗信情缘》

赶上时间陪小夜子做化疗，却不想，全日本的电视台在播放关于他的通缉令，一大堆警察围追堵截他，其中三个警察还“因公殉职”；泽木心中揣着单纯的爱情飞驰，哪里能想到他已经被当做黑社会成员、毒品携带者、碎尸案连环杀手。

泽木死得很隆重，他被无数的警察围住然后被许多个狙击手射中而死。看影片结尾，可以知道陆川和姜文的《寻枪》结尾是从哪里直接采的气。《盗信情缘》结尾，泽木的灵魂轻轻离开满身弹孔的肉体，疑惑不解，但又非常轻松，这种轻松可以让他把所有的疑惑都抛开，不作追究了。他笑了。

但是，一路笑着过来的观众在这个结尾处可能再也笑不出来了。

要说浪漫而残酷，可能就是泽木脖子上的那条红围巾了，它随着泽木的飞驰迎风招展，像一种爽朗的笑，却诉说着一个血腥的但不知在何处出现了致命错误的人生。看《盗信情缘》其实会产生惊悚的感觉，一句轻率的话也许会让人万劫不复，登错了一个门也许就敲响了死亡之钟，谁知道那个致命的错误会在哪里等着我们呢？

2003/2/27

选　择

有一种说法，说是人死后，过奈何桥，喝忘川水，然后，一辈子的事就都忘了，灵魂也就轻了，可以飞升了。这种说法令人惊惧，辛辛苦苦活了一辈子，全忘了？那不等于白活啦？既然都要忘，那我们那么认真地活有什么意义？何不潦草一点？

所以，日本电影《天国车站》（AFTER　LIFE）在这一点上让人感到安慰。在人间与天国之间，有一个机构，过世后的人们可以在这里待上一个星期。星期一，过世后的人们从大雾中来到这里。这一个星期里，机构里的工作人员不停地给人们做思想工作，让大家选出这辈子里面一个美好的记忆，然后，录像，像拍电影一样，布好景、打好光、准备好道具，尽量还原出记忆当时的情景；录像带最后在星期天放给大家看，看了，肉体也就彻底消失了，灵魂飞升，进入天国。以后，在天国的日子里，这个记忆将永远伴随着灵魂。

因为只能选一个记忆，而且必须选一个记忆，所有的人都犯了难。有的是一辈子过得不错，美好记忆太多，无法取舍；有的是一辈子不堪回首，脑子里全是令自己厌恶的回忆；有的不是不能选，而是不想选，一门心思希望在天国过上一种全新的没有前世痕迹的生活……

《天国车站》是一部古怪的电影。故事本身并不算古怪，最多只是有点玄妙而已，它的古怪是讲述这个故事时那种古怪的态度和手法。就说这个机构吧，叫什么呢？不知道。它像一个被人冷落的福利社，一幢破败的大楼，门窗斑驳，工作人员打着哈欠、搓着手到办公室，互相说早上好天真冷啊。领导发话，说上个星期我们大家都很努力，送走了十八人，这个星期大家还要辛苦点，有二十二人要送走。工作人员就互相递个眼色。过世后的人们陆续来到，登记后到休息室休息，然后每个人分到一个单独的房间。这个大楼电力系统老化了，用电吹风都要短路。虽然没看见这些人吃什么，但倒上一杯咖啡驱寒这种事情是有的。一个八十岁过世的老婆婆问工作人员，春天这里好看吗？答曰：好看，樱花开得很好啊。最奇怪的是那个“上路”的地方，跟一间小型的看片室没有区别，人们三三两两坐在坐位上，然后“走”了，坐位也就空了……

没有一般概念上生死之界的那种迷茫、清冷和神秘，有的只是跟人间日常生活一样的平淡、琐碎和安忍。

看到中间，我们才会在这部电影里得知，这个大楼里的人都不是尘世之人，那些工作人员都是自愿或被迫留下来的，因为他们没有选择一个记忆。这群人中间有一个非常俊美的男子，叫望月，他已经这样工作了五十年了，五十年前他二十二岁时在“二战”中战死，此后一直保持着二十二岁时的青春容貌。他的生活没有展开就结束了，所以，他一直没有选择。最后，他突然发现了自己一直被人深爱着，并找到了自己这五十年来游荡在人间与天国之间辛苦工作的全部意义，于是，他选择了，然后和他这个星期负责的那批人一起离开了这个中转站，平静地进入了天国。

当只能选择一个记忆时，人们会给出一个怎样的答案？有的人选择了夏天闷热车厢里突然吹进的一缕清风，有的人选择小时候伏在母亲腿上那种温暖和安全的味道，有的人选择被围困很久后抽到的第一枝烟的感觉，有的人选择驾驶飞机进入云端的那一瞬间。那个八十岁的老婆婆选择了树叶随风飘下落在头上的欣喜，还有一个老人选择了小时候穿着红裙子跳舞哥哥在一旁喝彩的情景……

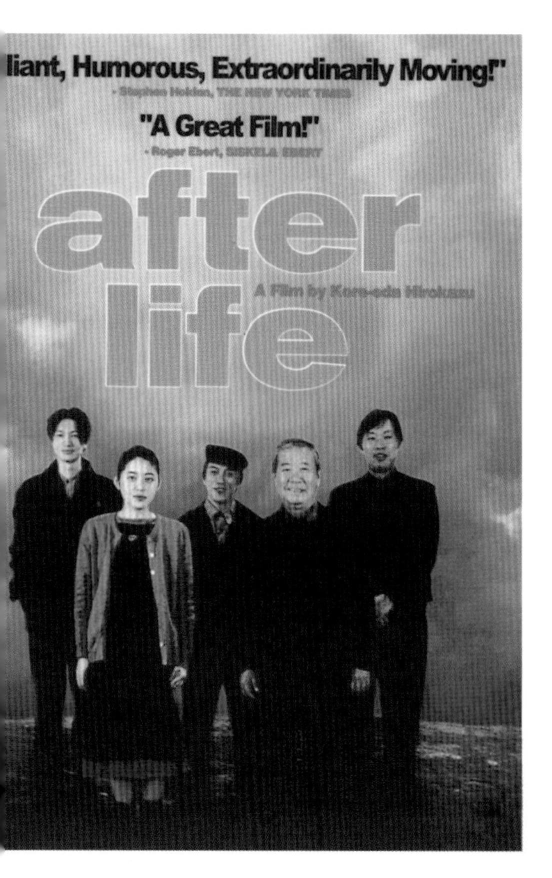

《天国车站》

几乎没有爱情的回忆。这会是人生尽头处的真实吗？说来真是一种讽刺，人一生很长一段时光为情所困为情所伤欲生欲死地老天荒，真的结束了今生要进入来世的时候，谁都不愿意把这些情感携带着上路，就这么扔下了，犹豫也罢，果断也罢，反正扔下了。

有一个例外。这群过世的人中间有一个四十七岁的女人，怀念她爱的人，想选择和情人幽会的那一晚。工作人员职业素质很高，查出女人所说的那一年那一晚的那个酒店当时正在修整，没有营业。女人不好意思，说是早说了四年，因为怕显得太老。工作人员进一步询问细节，好尽可能逼真地还原彼时彼刻，女人终于黯然地说：对不起，这不是我的记忆，是我的愿望。其真相是，那个晚上，他没有来。

应该说是违反了规定，但是，大家让这个女人带着她的愿望而不是她的记忆上路了。

这部影片给我留下记忆最深的就是这个出场不多的女人。她愚蠢得让我感动。她要带着这样的一个愿望走，是因为太不甘心，盼望着有一天那个人会在天国和她相遇。可是，可以肯定，那个人在选择他的记忆时不会选择这个失信的约会，就是到了天国遇到她，也不再记得她了。别人的天国生活都是幸福的，只有她依然无法摆脱煎熬。一个人执著一生已是罕事，如此生生世世执著下去，这实在是太恐怖的故事了。

不过，一种情感，连死都不能让人放下，那可能就是跟灵魂合为一体的东西了，那就真的怎么都放不下了。

2003/3/2

从来没有离开过杜拉斯

现在再看玛格丽特·杜拉斯编剧、阿仑·雷乃导演的《广岛之恋》(HIRO SHIMA MON AMOUR)，比十几年前看它，人生多了很多东西，我发现有时候自己在微微颤抖，内心有一个不断加大强度的硬核，很硬很硬。我手脚依然冰凉。已经是春天了，我的手脚还是和刚刚过去的那个冬天一样冰凉着。当然，对于手和脚的问题，我已经习惯了，因为我是个按医学术语讲末梢循环有问题的人。但是，对于时不时轻微的颤抖和内心那个陌生的但让我愉悦的硬核，我多少有点惊奇。

1959年的《广岛之恋》，黑白影像，在2003年看上去仍有一种无可挑剔的完美，但又有一种混乱，杜拉斯特有的混乱。多年来，只要遇到杜拉斯，我就无法保持清晰和警醒，我总是要混乱，直至混乱得一塌糊涂。我是3月初的一个晚上重新看这部电影的，可能是夜太深，我太疲倦，也可能是我一直在想为什么这些年我看了那么多好的坏的电影，却一直没有想起把这部电影重新看一遍这个问题，于是，我昏昏沉沉地与影像对视，听那里面的人说——

日本男人说："我是个同妻子在一起过得幸福的男人。"

法国女人说："我是个同丈夫在一起过得幸福的女人。"

法国女人又说：“我渴望。渴望不忠、通奸、欺骗和死亡。一直如此。我早就料到你有朝一日会遇到我。我那时无限焦急地等待着你，静静地等待着你。”

法国女人还说：“吞噬我吧。把我弄得变形，直至丑陋。你为什么不这样做？我请求你。你毁了我。你对我有好处。”

……

这种直抵人性最深处的对白，在《广岛之恋》中比比皆是。这些对白其实不是我从电影里听到并记录下来的，是我看完后从杜拉斯的剧本里抄下来的。我说了，看的时候我是昏昏沉沉的，哪里还能这么清晰地记得这些复杂的话？我甚至想不起电影里面是不是用了这些话。但是，片中那些痛苦纠缠的影像本身，准

《广岛之恋》

确地传达了杜拉斯的意图。这是一部阿仑·雷乃的电影，更是一部杜拉斯的电影，按后者的话说，是一部“记录在胶片上的小说”。

1959年，日本广岛。一个法国女人，一个日本男人；一夜情，然后发现这其实是爱情。法国女人非常恐惧，她害怕爱情，年轻的时候差点被爱情要了命，她知道那玩意儿的厉害。这一切的背景是“二战”的阴影，十四年前投在广岛的原子弹，法国女人和德国人的恋情，以及德国人被击毙，法国女人被当做奸细遭众人唾弃。这个混乱的女人对于是否对国家有愧的问题完全不作考虑，她巨大的痛苦完全是因为失去了爱情，她曾经在一段时间内神志不清，喊着德国人的名字，被羞愤交加的父母关进了地下室。她把手指头狠命地拖过地下室的砖墙，磨出血来，然后舔那些血……十四年后，法国女人在广岛清晰地回忆起这一切，她决意离开自己新的爱情，离开广岛，离开她爱上的这个日本男人。影片到了这个地方，力量感显现出来，杜拉斯式的狠毒出来了——法国女人走到广岛深夜的街头，身后不远处跟着她焦虑不安的日本情人，她的四周是闪烁的汉字霓虹灯，她不认识它们，就像她不认识这个国度一样。她的脸因强迫自己割舍欲望而有点扭曲，她的步子有一点点踉跄，但是，她真的显得非常地勇敢，就像一个敢于告别爱情的女人那么勇敢。我觉得她美得让我屏息，我甚至可以说爱上了她。

也就是在这个昏昏沉沉的夜里，我终于发现，我没有离开过杜拉斯。我曾经以为离开过，但事实上，我从来没有离开过这个一生都像把刀子一样的女人。对于她，我从来没有勇敢过。

2003/3/4

母亲·情人·女儿

美国圣丹斯电影节获奖影片，一般说来都是值得一看的。它们大多是“作者电影”，基本上算是美国电影里的“隐士”，不比那些在奥斯卡得宠的红人。当然，红人里面并不是没有高人，而那些“隐士”里面也有一些装疯迷窍的人，特别是近年来，装疯迷窍的情况还比较严重，但是，从总的情况来说，“隐”比“红”还是要更小众一些，更有定力一些，更执著一些，更风格化一些。

2002年圣丹斯的最佳影片《雨》(RAIN)，对于我来说，可以说重新唤起了对美国作者电影的信心。这部小制作的电影出自克瑞斯汀·杰弗斯，我觉得这位导演是个女人，虽然名字不太像。可能正是有这种先入为主的感觉，面对这部心底暗流汩汩流淌但面上不动声色的作品，我有一种敬佩。对同性的敬佩总是很彻底的，很真诚的，因为身处同一个性别，我知道女人的弱点，也知道女人克服这种弱点所要付出怎样艰辛的苦修。

我觉得《雨》的导演是个女性有两个原因，一是片中母亲的形象，几乎没有任何化装，用光也很直接，或者干脆就用不做任何处理的外景，把一个中年白种女人脸上所有的瑕疵都暴露出来。这应该是女人干的事情，动机来自对年龄这东西的蔑视以及微妙的自嘲，还有一点点破罐子破摔的味道，她推出一个完全不是好莱坞风格的女人，那种家常的颓废让很多女人看了很对心思。上了三十岁，女人们基本上不敢直接坐在阳光下面，尤其是对面坐着一个自己在乎的人，所以特别欢迎晚间约会，因为还多少有点本钱做个“灯光美人”。

二是片中那两场情欲戏的处理。影片中是一对母女，女儿珍妮十三岁，早熟、敏感，有一个复杂纠缠的心灵和一张郁郁寡欢的脸。她和母亲同时对英俊青年凯迪发生了浓厚的兴趣。珍妮急着长大，急着洞悉母亲的秘密，急着要穿跟母亲一样的吊带裙，急着要像母亲一样地和凯迪有肌肤之亲。她用生硬而猛烈的方式向凯迪发起进攻，混账的凯迪迷乱中招架不住，嘴里嘟囔着：“真是有其母必有其女……”两场情欲戏，分别是母亲和珍妮的，但都没有什么火暴的镜头，导演所有的劲道都用在情欲发生之前的酝酿过程中。这一点让我尤其相信这是一部出自女人之手的作品。不知道是否准确，我有一个印象，觉得很少有男导演能在这个问题上有所控制，就像他们对性不能自控一样，他们在这种水到渠成手到擒来的场景面前很难刹车。女人是不同的，至少在有着同样质地的灵魂的女人中间，大家都明白，性是个什么东西；当然，性是非常重要的，但是，比性更重要的是，女人在性里面以及性之后得到什么——不一定非得是那种叫做“爱”的东西，但有一种可能叫做“平衡”的东西是需要的。

《雨》里面，母女两人没有得到平衡，不仅没有，而且她们的生活被彻底地颠覆了。她们失去了共同的挚爱：四岁的吉姆淹死了。母亲的神思恍惚疏于照顾，是失去儿子的根本原因；姐姐因为要和凯迪约会而把吉姆一个人留在海边，是失去弟弟的直接原因。她们为欲望付出的代价超出了她们所能承受的。

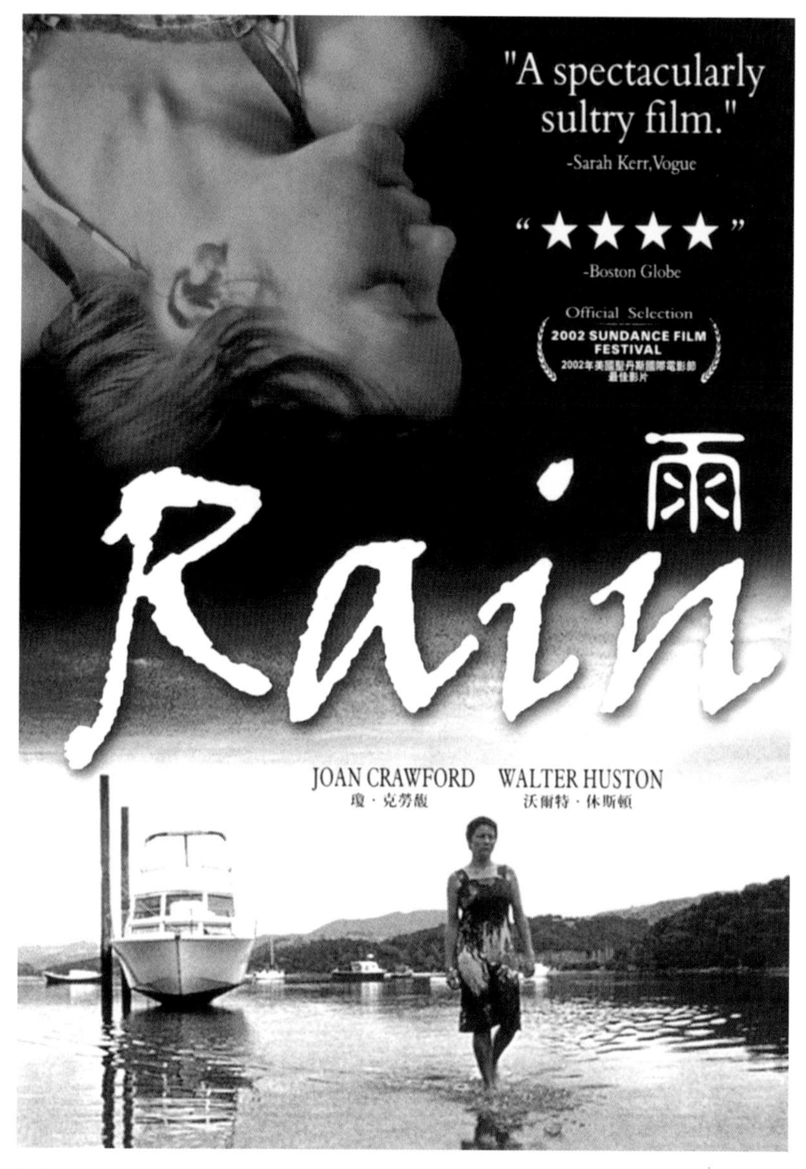
"A spectacularly sultry film."
-Sarah Kerr, Vogue
"★★★★"
-Boston Globe
Official Selection
2002 SUNDANCE FILM FESTIVAL
雨
Rain
JOAN CRAWFORD
瓊·克勞馥
WALTER HUSTON
沃爾特·休斯頓

《雨》

结尾处，一家人迁移到其他地方，离开了伤心之地。父亲沉默地开着车，母亲愈发憔悴得不成样子，珍妮坐在后座，看窗外的树叶倒退而去。画外音响起，是珍妮的自白，诉说她无尽的悔意和对母亲的恨意。看到这里我在想，这部影片太像一个女人的自传了，这是一个在十三岁时生活就被毁掉了的女人，一个从十三岁起和母亲之间就完蛋了的女人。我甚至觉得这个叫珍妮的女孩身上有一个叫杜拉斯的女人的影子。杜拉斯的写作在很大程度上是由“她”对母亲强烈的怨恨和同样强烈的崇拜造就的。

爱恨交织这东西，对于一个女人来说，如果萌芽自她的少女时代，那么这个女人就获得了一种张力，获得了让她可以飞扬跋扈卓尔不群的特质，同时，也让她彻底离开了幸福。直到最后我也没看到《雨》里面有什么雨的场景，如果说要牵强附会一种意象，我想，这种意象就理解成覆盖、无处可逃以至面目全非。雨过天晴之后，满身都是被雨水腐蚀过的痕迹，不能清除，但也许会发现，这种伤害也是一种灌溉。

一直把《雨》当做一个女人的作品来谈论。如果它事实上出自一个男人呢？那我要说，这个男人实际上是个女人。

2003/3/8

一个完美的字写出了格子

到网上去查《皮革下的裸露》(GIRL ON A MOTORCYCLE) 的资料，无论是输中文还是输英文，都没有结果。看来这片子实在是太生僻了，虽然是阿兰 · 德隆的作品。

只有影碟上的一点资料：导演，杰克 · 伽迪夫；主演，阿兰 · 德隆以及当年的歌坛偶像玛丽安娜 · 菲斯福尔。从时间上看，应该是二十多年前的作品，那时阿兰 · 德隆还相当英俊，最多四十岁出头吧。而且有一点很奇怪，这是一部英语片。依稀记得当年德隆也去过好莱坞，胡乱拍了几部戏，怏怏而回。那么，这部《皮革下的裸露》是不是这“胡乱”中的一部呢?

看这部电影感觉很奇怪，一部平庸的电影，但是又有两个亮点让我相当心仪，其中一个当然是德隆的美。其实用“美”这个词来形容德隆，是一种歪曲，他完全是阳刚的，没有一点阴柔的内容，但是，他英俊得实在过分了，越过“英俊”这个词应有的框架，像一个完美的字写出了格子。在《皮革下的裸露》中，德隆正是如日中天的时候，微微地有一点下午乃至黄昏的影子，那影子很稀薄，却又很清晰，正好准确地衬托出他灿烂的感觉。这样的一个男人让女人爱得神魂颠倒以至于送命，是可以想见的事情。

另外一个亮点就是女人送命的那个过程。德隆送她一辆摩托车，于是，一个原本安静的书店女孩，有一个安静的当教师的未婚夫，还有一个可以预见的安静的人生，这一切都被这辆中了邪的摩托车给彻底改变了。女孩裸体穿上赛车手的紧身皮衣，想像着在德隆的鞭子抽打下，皮衣一块块被撕裂，露出美丽的胴体……她真的就穿着这身皮衣，骑着摩托上路了。一路上她在眩晕造成的斑斓色彩中回忆着一幕幕和德隆的性爱往事，狂喜、流泪、神志恍惚。车速越来越快，终于不能控制，一头撞上大货车，女孩在回忆和驾驶带来的高潮中死去。

有的男人是人，有的男人是神，有的男人是魔；有的女人是孩子，有的女人是母亲，有的女人是妖精。世间精彩的男女之事，就在这其中随意组合着。《皮革下的裸露》讲的是一个孩子般的女人和一个魔一样的男人之间的故事，最后，孩子死于魔掌之下。

阿兰·德隆的美总是能让女人倒吸一口凉气，他的蓝眼睛和刀刃一样的嘴唇，与寒冷和残忍紧紧地联系在一起。看了那么多德隆的影片，我从来没有从他的角色中感受到深刻的爱情，没有感受到他对女人发自肺腑的爱慕，就是在他比较难得的带有温情味道的《佐罗》里面，那个英雄救美人的故事，在德隆的演绎下也显得轻飘飘、空荡荡的，就像影片最后，佐罗在美人的泪眼中绝尘远去一样，他是太拿得起、放得下了。

这不是阿兰·德隆演技的问题。我想，他骨子里就没有爱情，那无论怎样也是拿不出爱情的。对于一个优秀的演员来说，有一分爱情，对点水，发点酵，装出十分爱情，那是可以的，比如列奥纳多·迪卡普里奥在《泰坦尼克号》里面；但完全没有爱情，那无论怎样装，都是可以被一眼识破的，比如阿兰·德隆，比如马龙·白兰度。这是他们自己无能为力的事情，

UNCENSORED EUROPEAN VERSION
UNCENSORED EUROPEAN VERSION
ALAIN
DELON
MARIANNE
FAITHFULL
皮革下的裸露
GIRL
ON A
MOTORCYCLE
导演：杰克·伽迪夫
A.K.A.
"NAKED UNDER LEATHER"

《皮革下的裸露》

不是不想爱，是没有能力爱。上天给了他们太完美的东西，也拿走了一种人之常情的东西。他们痛苦吗？当然不，就像一个没有神经痛觉的人，哪怕是看着自己皮肤开裂鲜血流淌，也不过是一种视觉上的刺激而已。

现在有时在杂志上看到老年德隆的照片，我觉得他完全是另外一个人了。有一次看到一张他和年轻的妻子以及幼女在一起的照片，他慈祥地笑着，一脸皱纹，眼睛不再是蓝色的，嘴唇也有了柔和的线条，我就想：哦，这可以用那句话形容，放下屠刀，立地成佛。想想那些在他的美和残忍下"丧生"的女人（银幕上的和现实中的），你会感到时光的魔力，现在他的女人享受了他的慈祥和柔软，但再也不可能在他那绝世美貌的笼罩下眩晕了。这也符合一句话吧，世事难全。

2003/3/10

图森·逸闻·《季风婚宴》

一天上午，我在看让－菲利普·图森的小说。这是个让人不快的家伙，但的确让我着迷。他所叙述的人生，是一个冷静的、不动声色的疯子呈现出来的状态，就像他在《照相机》里说到的那个胖子教练一样，一半的时间是用手帕揩眼镜，另一半时间是察看镜片被擦过后的透明程度。浸到图森的小说里面，真的犹如浸到了水里面，从这里看出去，外部世界被折射了，湿润而扭曲，疲惫但不可摧毁。

我迷恋图森的这种表述："我是在模拟一种生活，这种生活的形式和气息，呼吸和节奏，以及许多其他方面和现在的生活是类似的。但是没有想像中的创伤、刺激，也没有痛苦，这是一种遥远的独立的生活，它在厌倦了外界现实的残余中变得丰富多彩……"

也就是在这一天，中午，我的办公室来了哼哈二将，二位爷多年来驰骋成都情场，愈挫愈勇，永不言败。哼哈二将这回讲的是，这段时间遇到的女人，在他们堕入情网后宣布她们不会和自己丈夫离婚。"她们都说，这一点要说清楚哦。""更过分的是，不是丈夫，是男朋友，而且男朋友还不爱她，她居然也要这样和我声明……""那天，我走到街上，一个粉子（成都方言，指美女）过来绕我……"这个中午像情景喜剧。

我还有一个朋友两个月来也是发生了若干起"爱情",另一个朋友说,应了那句话,"三十多岁的男人像野狗,咬到一口算一口"。

图森淡漠疏离的小说,熟人朋友杂耍味道的逸闻,这一切,真的如同观看一种被模拟的生活。这样的生活,质感强烈,似乎很有些过头,至少比我们自己每天的生活有效果。

这一天,到了晚上,看的是浓烈如同咖喱的印度电影《季风婚宴》(MONSOON WEDDING)。

被白天的东西稀释了,《季风婚宴》这种浓烈的、纯粹的、正面释读人生的东西,似乎反而有了一种超现实主义的味道,虽然我自己是一个浓烈的、纯粹的、正面释读人生的人。

《季风婚宴》是2001年威尼斯电影节金狮奖作品。不知是因为那一天有一种特别的观看效果,还是因为威尼斯影展评委鼓励第三世界电影创作的意图太明显,这部印度电影在我看来拿到"金狮"实在太勉强了。故事很简单,甚至可以说是很简陋——印度一个富有的家族为女儿举行婚礼期间的故事,几天里,有那么几个主要角色陷入过往的纠葛或者伤害中,但在亲情爱情的感召下,一切麻烦都得以解决,婚礼在季风带来的大雨中载歌载舞地完美地举行了,感谢生活,有情人终成眷属。

《季风婚宴》当然还是好看的,里面美妙动人的印度歌舞和充分展示印度特色的婚礼过程,像一部充满异国情调的风俗片一样好看。不过,没有《大篷车》好看。

这样的东西的确不能进入我的心灵,就像我对印度菜必用的佐料咖喱的看法,辛香酷辣,游历在食物之外,效果突出,但不能和食物融为一体。在这一点上,咖喱和辣椒完全是两回事。我其实跟辣椒也不怎么经常打交

WIDESCREEN
Naseeruddin Shah
Lillete Dubey
麗蕾特・杜貝
Shefali Shetty
莎法麗・什提
Monsoon Wedding
季风婚宴

《季风婚宴》

道的。我平时吃的菜，或者是父母家的江浙菜，或者是先生做的北方菜，都没有辣椒。但是，我也时不时在外面吃川菜，吃火锅，每每这个时候，辣椒总是让我折服。

我发现，这一天没有一样东西能够进入我的心灵。所以，我可以睡得很好。但是，这篇文章怎么办？写到这里我已经收不了尾了。我怎么写到辣椒上面去了？我到底想说什么？

2003/3/13

说的其实不是果酱

有影评说，台湾陈以文编导的影片《果酱》将昆丁·塔伦蒂诺的环形结构和杨德昌的讲述方式融合在了一起。看了《果酱》之后，发现这种说法提炼得还是比较准确的。可以说，陈以文用剪贴前辈的方式完成了他的这部作品，但剪贴下来的东西比起原作还是差了一些火候。比如说环形结构，《果酱》比塔伦蒂诺的《低俗小说》以及我看过的另外两部环形结构的佳作——墨西哥的《爱情是狗娘》和马其顿的《暴雨将至》，都要松散一些，就是说，那个环的结合处不是那么结实和细密。再比如，《果酱》的“台北之酷、拽、炫”（这是我自己的话）也不是很彻底，它的味道的确很像杨德昌的《麻将》《独立年代》，但是，它不能做到杨德昌那种彻底的疏离和发狠，《果酱》在关键时刻有那么一点心软了。

在我看来，也许，就是结合处的那么一点松散和关键时刻的那么一点心软成就了《果酱》。我蛮喜欢这部电影。如果跟杨德昌比，陈以文的电影要显得年轻一些、冲动一些、毛手毛脚一些，当然也似乎更好接近一些，这就像有明显缺点的人总比看上去没有破绽的人要好接近一些一样。

扯开一点说，台湾导演中的三员大将，我最喜欢杨德昌，他的心跳声最为有力和激烈。侯孝贤冥想和玄思太多，身上背负的历史和文化的责任太重；蔡明亮我也相当喜欢，但他很多时候的确太冷淡了，太容易把人冻僵了。

陈以文的血液类型应该和杨德昌是一类的吧，多血质和胆汁质的混合，细腻、敏感、激烈、果断。《果酱》里有一段，两个原本像哥儿们一样交往的人——男孩小凯和女孩佳佳，因为他们中间出现了一个成熟的职业女性何小姐，两人的性别意识和情感意识突然被唤醒了。小凯被何小姐吸引，徘徊在街头，为何小姐买花；佳佳这才发现自己一直爱着小凯，又不知如何是好，她赶紧去烫头、买新衣服、配隐形眼镜，让自己从一个假小子的模样回复到一个妙龄少女应该有的形象上去……这段戏完全没有对话，只有淡淡的背景音乐，镜头在小凯和佳佳以及各自的全景、中景和特写之间切换，又利索又缠绵，把两个人的内心世界表现得丝丝入扣。

《果酱》里面有一个偶像级人物——歌手高明骏，他演的是一个沉稳柔和的黑道人物华哥。多年前，高明骏嘶哑狂野的歌喉给我留下了很深的印象，现在我还记得他那首著名的《年轻的心》，当年唱得人血脉贲张。但在《果酱》里面，高明骏演的华哥却有着让人流不出泪来的感伤效果。两场重头戏，一场戏是和女友分手。女友知道这是段没有结果的恋情，哭着说，我从来没有在乎过你，我从来没有在乎过你什么时候来看我，分手吧，我真的从来没有在乎过你。华哥沉默地起身离去，面容凄伤但不可动摇。还有一场戏是华哥临死前，当着杀手的面将手头的事平静地处理完。这场戏高明骏演得很稳当，按一句老话讲就是“视死如归”，他把一个黑道人物终于可以了结自己的那种轻松和解脱不动声色地给演了出来，演技相当高超。华哥这个人物的败笔就是他给小凯讲自己童年时和爷爷放风筝的那场戏，过于抒情了，把华哥那种饱满密实的个性气质给泄了一个口子。这

《果酱》

场戏就是前面所说，陈以文在关键时刻心软了一点。我想，如果杨德昌拍这个戏，他是会咬住的，而且，凭他的劲道，这口气他会咬得很漂亮。

我看任何电影都会关注里面的女人。《果酱》里面的三个女人——何小姐、佳佳、华哥的女友，着墨都不多，但都很有味道。最漂亮的一场戏是在华哥的葬礼上，女友问小凯："他是被人杀死的吧？"小凯不说话。女友又问："看来他真是黑道上的人，是不是？"小凯说："你是他女朋友，你应该比我清楚。"女友眼睛看着远方，面无表情。小凯问："你和华哥是怎么认识的？"女友沉默，然后向远处走去……陈以文在这里让一个女人咬住了一口气，而且，咬得很漂亮。

看完《果酱》之后，我才想，跟果酱有什么关系？果酱在片子里只是几处无关紧要的情节中的道具。这也是杨德昌的特点，比如，他的《麻将》跟麻将本身也没有什么关系可言。顾左右而言他吧。其实，得了要领的人都知道这个秘诀，顾左右而言他；如果想表达什么，就言说你要表达的那个核心周围的东西，那个核心自然会在刻意的隐藏中凸现出来。

2003/3/14

费尼克斯与泰勒

美国有两个表演很有张力的演员，一个是瑞凡·费尼克斯，一个是莉莉·泰勒。费尼克斯的代表作是和基努·里维斯合演的《我自己的爱达荷》，泰勒的代表作应该是《枪击安地华哥》。

费尼克斯最有张力的表演是他自己的人生，他已经吸毒身亡。像詹姆斯·迪恩一样，他留下了几部彰显其表演天才的作品，也给观众留下了一个永远青春的记忆。这几年，我注意到，很多电影杂志在做关于20世纪90年代最有影响力的青年影星这一类的主题时，都会收录费尼克斯。他那张清秀迷茫的脸告诉人们，有的人在他们的青春期是如何的艰难，艰难得以至于根本迈不过去。他与迪恩还不同：迪恩是愤怒，无端的无名的无法解决的愤怒；费尼克斯是虚无，天生的无处可逃无法搭救的虚无。

至于莉莉·泰勒，我很少看到她的资料，她那极为出色的演技，也因为容貌的原因很难获得更为广泛的赞同。演艺这行当实在是很残酷，有那么多长得好也演得好的人，哪里还容得泰勒这种容貌丑陋的女演员出人头地？我曾经写过《枪击安地华哥》的随笔，我说："维米莉·苏莲娜的扮演者莉莉·泰勒的表演令人叹为观止。这是一个极为可怕的形象，肮脏、疯狂。对于演员来说，这是一次可怕的自杀式的表演经历。我判断，这个角色会在很大程度上损害演员莉莉·泰勒的神经。从损害强度上讲，这个角色和希拉里·斯旺克在《男孩别哭》里的蒂娜一角，是同一个等级。斯旺克要幸运些，她得了一尊奥斯卡最佳女主角小金人作为补偿。"

把美男费尼克斯和丑女泰勒放在一起说，是因为他们合作演出的一部小制作电影"DOGFIGHT"。我不知道该怎么译这个电影名，但是影碟封面译作《春色一箩筐》的确让我有点生气。如果只是说这个译名太轻薄了，那我好像显得过于厚道了。这个译名实在是恶俗不堪。在没有任何背景资料的情况下，我选择了"春色一箩筐"，完全是因为影碟封面上费尼克斯和泰勒安详的剧照。我信任这两个演员。另外，我被这部电影的英文副标题给打动了："A Love Story"——一个爱的故事。我总是要被关于爱的故事给打动的。

故事开头很闹也很好看。一帮混账的美国海军，和美女打交道已经不耐烦了，于是搞"比丑"PARTY，看谁带来的女伴最丑，获胜者可以得奖金。英俊的艾迪（瑞凡·费尼克斯饰）在街上乱晃，急着找一个丑女去参加PARTY。在"萝丝咖啡馆"，他见到了弹着吉他低声吟唱的萝丝（莉莉·泰勒饰），萝丝是够难看的，够带去PARTY的标准，但是，她的歌喉和她那种淑女气质，又让艾迪有一种说不清道不明的触动。后面的故事说来很清浅也很简单：得知真相后的萝丝愤怒地离去，艾迪赶到"萝丝咖啡馆"道歉，两人尽弃前嫌，在一起温馨地度过了艾迪出征海外前在本土的最后一夜……

这样的影片，支撑点完全在于演员的表演，而费尼克斯和泰勒做到了这一点。在我看来，两人在这部电影中没有他们在各自的代表作里的那种墓碑式的绝望和愤怒，而是一种平常的状态，像我们大家的生活一样，爱

Dogfight

A love story

春色一籮筐

《春色一箩筐》

得犹疑，爱得家常，爱得鸡零狗碎。这好像是让我们看到了一个人的背面。对背面的观看总是偶尔为之的，不经意的，也就是惊奇的。可惜，这只是电影，电影给我们的只是一面，演出来的一面。不过，这也够了。

2003/3/20

看《叶子》那天

这几年，很喜欢看韩国片，特别是韩国的爱情电影，那里面有赏心悦目的俊男美女，还有一些杜撰的爱情。当然，电影里的爱情都是杜撰的，只是，韩国电影里的爱情更像是杜撰的，与现实生活更不搭界、更不真实、更遥远。这是我喜欢的原因。其实，如果是这个原因的话，应该多看看韩剧，它们更加绵长，起码可以让我一个星期内不食人间烟火；但是，我耗不起这个时间，只好选择两个小时的影碟。

选择《叶子》，有个人原因。我曾经有过叫做“叶子”的一段时光。不是曾经的笔名，是一个别名；那时我还没有写作，只是记日记一样每天在笔记本上写写很糟糕的诗。初次看到这部影碟的名字，让我发了一小会儿呆，想想，当年叫我“叶子”的那些人还有那些事，都一片模糊了。

《叶子》的故事开头跟一般的都市题材爱情剧没什么两样，一男一女，某一天某一个机缘，遇到了，相爱了，误会了，和解了，亲吻了，拥抱了，分离了，重逢了。不太一样的是，《叶子》里没有激烈的裸露的情爱镜头，两人轻轻拥抱轻轻亲吻，仅此而已。看惯了这几年韩国文艺片中那些尺度大胆的“限制级”镜头，《叶子》在这方面多少让我有点惊奇。

《叶子》的编剧是深受抒情主义之害的人，而我也是这样的一个人，至

《叶子》

今无药可救，所以才会这么对上眼了。他（她）让女主角多慧患上视力衰退症（这一点有抄袭《新桥恋人》之嫌疑），让男主角永奎一贫如洗。多慧必须做手术了。永奎走投无路，只好去抢劫（这话也只有放到电影里说，放在生活中，抢劫罪不可赦，哪管你背后什么原因）。抢了钱，送到医院，但是医生却说多慧眼疾加重，已经错过了手术时机。这时，警察也赶到医院了。永奎夺了女警官的枪，挟持她进了手术室，然后，用枪逼着医生，要把自己的眼睛移植给多慧。医生说，不可能，移植活人的眼睛是犯法的。于是，永奎把枪指向了自己的太阳穴……

这样的故事，在十多年前我肯定是喜欢的，那时，我是凄厉的女孩，就巴望着自己为谁去死，当然，谁为我去死更好。很奇怪，为什么到了现在我还是喜欢这样的故事？现在的我肯定不会为谁去死，更不希望有谁因为我丧命。当年是因为有亡命精神而偏爱亡命故事，现在，一提命不命的就头皮发紧、赶紧躲开，就像看到街头哪个地方人一多，就赶紧拉着儿子快步走过一样。贴得很紧的时候和彻底远离的时候，说不定就会有一种接口，这像一个环，走了一圈，都是那个点，但性质完全不一样了。

看《叶子》那天是2003年3月20日晚上。这天，北京时间上午10点，美国终于向伊拉克开战了。我在上班，周围人（大多数是男人）兴奋莫名，拥到电视机前看实况转播。这是个什么世道？连战争都可以实况转播，跟球赛一样。我的心情坏透了。同事揶揄我是个没有原则没有立场的笼统的反战主义者。这话不错。我就是反战，不管任何说法。我没有去看电视，晚上也没看，而是选择了影碟。对于炮火下的那些生命，我不敢多想。

死于个人原因，死于自我选择，死于青春冲动，这里面没什么好与不好的区别。这一天我就看到电影里杜撰的这样的死（最后没死成）。同一天，有一些生命突然被炮火夺走，真实的死，突然的死，蝼蚁一样的死。我真受不了。自戕的生命和被夺走的生命，这里面是悲伤和悲愤的区别。

2003/3/21

人生没有你就会不同

2003年4月1日晚上，和阿来、易丹、何大草、麦家等一帮朋友在成都城南一家酒吧里喝酒聊天。酒吧里有相熟的人过来打招呼，并告之我们：张国荣跳楼自杀。大家哄笑，都说，你以为我们不知道今天是愚人节啊。那位说，是真的，才看了凤凰卫视，有画面的。大家继续笑，说到愚人节前比尔·盖茨被暗杀那则谣言，以及今天各自手机上收到的谣言。大家不再理这个话题，继续侃伊拉克战争。我心里突然乱糟糟的，预感到这个消息的真实性。这个晚上大家喝的是芝华士对康师傅绿茶，非常流行但乱糟糟的一种喝法，喝到嘴里不知是茶味、酒味还是饮料味。

还没有过完愚人节，张国荣的消息就被证实了。

他知道这一天出这样的事，人们首先的反应就是认为这是玩笑、谣言。他要的就是这个结果吧——他愿意把他的一生在第一时间里当个玩笑当个谣言结束。一个人选择或者被选择成一种高空焰火般的生涯，把自己发射出去，炫目、鲜艳、众人仰望并钦羡，但人后的一切，那些绽放之后在黑暗中散落的碎屑，谁能知道呢？他喧嚣地活，也不可能安静地死，那么，就再来一个噱头、一个鬼脸吧。在愚人节这个最不正经的节日里，给我们一个最正经的噩耗。

前几年写过一篇关于张国荣的文章,《美艳赞词》,我说他“美貌、毒辣、轻薄、绝望”。我还说:“……他着一双红色高跟鞋、涂着口红上场,唱得个欲生欲死、如泣如诉,像一个冤仇未报的妖娆女鬼。……但是,听听那一把嗓子,那把地地道道原汁原味的男人的暗嗓,就会知道,这中间有一种深刻的绝望。轻薄又能怎样?轻薄又能搭救什么?”写这篇文章,我以为他会活很久很久,像很多艺人一样,老得不成样子了还要招摇过市。我也知道他是一个伟大的艺人,经得起世人各种各样的议论。前段时间,我还把他1989年告别歌坛演唱会的DVD拿出来又看了一遍,看他跟现在毫无二致的年轻容貌,心想,老天真是厚爱这个人,一点点也不肯让他衰

《霸王别姬》

老。我没有想到，他虽然不肯老，但他却想死。更没有想到的是，他敢死。

看网上消息，陈凯歌哭了，说："他真成了程蝶衣了。"

《霸王别姬》里的那句著名台词应在了他的身上："不疯魔不成活。"

我非常难过。从酒吧回家的路上，看着深夜空荡荡的街景，身体里有轻微的酒精反应，正好可以让我想像一番一个人从高空坠落的那种感觉，也正好配合心里失去一个人的那种恍惚的悲伤。我想，他可能是对的，他有权处理自己的生命，惟一不对的是，他让我们如此难过，而我们没有权利让自己安之若素，这就像我们爱他，而他不爱我们。这很不公平，但也没有办法。

世间有一种人，他生活在离我们很远很远的地方，但他又总是搁在我们的心里，一个闪神，居然也就是十年二十年的光阴。他似乎一直就在那里，我们也许不知有福，只顾着享受他给予的一切——他的电影，他的歌声，他的绯闻以及他赏心悦目的容貌。这中间，我们漫不经心，我们鸡零狗碎，我们过着自己的日子，偶尔也有活得不耐烦的念头。然后，就是，他"砰"的一声走了，像一个人摔门而去。

我一向对"程蝶衣"有一种敬畏的感觉，这是我第一次在银幕上看到的被魂附了体的角色。所以，《霸王别姬》的一切对于我来说都是一种完美，包括片尾那首歌。这个时候，我想起这首歌中林忆莲唱道："因为你不懂，只要有爱就有痛；有一天你会知道，人生没有我并不会不同……"李宗盛赶紧对抗，悲愤地唱："人生没有你会不同……"

这句话是我现在的话，是的，人生没有你就会不同。

2003/4/2

黑色故事与白色故事

三个住在精神病院的孩子：两个男孩，一个叫松毛，一个叫小悟；一个女孩，叫可可。

故事是从可可被拖进精神病院开始的。可可又踢又蹬，使劲扭过头喊："爸爸！妈妈！"爸爸妈妈站在车前，满面愁容，对医护人员鞠躬道谢："辛苦你们了。"

可可被关到病房里了。她随身带的东西都被收走了，漂亮衣服也被收走了，她被套上了病员服。只有她自己做的乌鸦羽毛披肩经和护士的拼死争夺保留下来了。

可可原来有一个双胞胎的妹妹，什么都跟她一样，长得一样，打扮一样，举止也一样。可可不服气，觉得妹妹是赝品；妹妹也不服气，说自己才是正宗货，说可可是仿冒品。有一天，两人互掐脖子，看谁死掉，死掉的就是仿冒品，这没什么好说的。结果，可可活下来了，然后进了精神病院。可可给松毛讲这场生死决斗时，得意极了。

松毛是杀了老师后进来的。他一直觉得老师迫害他。

至于说小悟，不太清楚他是怎么进来的。他有点色情狂倾向，看见女孩就要手淫。

一天，三个孩子爬上了精神病院的高墙，然后，他们就沿着墙走开了。这个城市居然一直都有不间断的墙，沿着墙，走过街道、草地、公寓、教堂、体育场、广场、商店，一直可以走到海边……可可穿着用绘画颜料染黑的裙子，撑着一把黑色的破伞，披着乌鸦羽毛披肩，松毛扛着一面黑色的旗子，小悟拎着里面什么都没有的食品藤箱。三个人如履平地走在这个城市的高墙上面，在众人惊诧的目光里，像国王和王后一般傲慢地、无暇他顾地走着，有些时候，他们高兴了还奔跑起来。

这中间，一个警察看到他们，知道这就是精神病院报失的三个病人。警察爬上高墙捉拿，却根本无法站稳，这原本就不是常人走的路。警察一个倒栽葱跌下墙，卡在墙和一辆汽车之间。松毛用他的旗杆取走了警察的佩枪。

墙上的路似乎也很漫长。下雨了，松毛和可可在雨中接了吻。

小悟贪玩，做了些稀奇古怪的动作，从墙上跌下去，翻着白眼死掉了。

终于，松毛和可可沿着墙走到了海边的灯塔处。松毛说，如果射下了太阳，世界末日就到了，大家就都得救了。他向太阳开枪。可可抢过枪来说，我死了，世界末日也就到了。话音未落，她把手枪里的最后一颗子弹射进了自己的脑袋里……

故事结束时，镜头是大海上的落日和在晚霞中漫天飞舞的乌鸦羽毛。

……

这是1998年的日本电影，叫做《梦旅人》(PICNIC)，导演岩井俊二。

这是他黑色的故事。

他另外有一个著名的白色故事，叫做《情书》。那里面全是雪，还有和雪一样的看上去清冷洁白的爱情。

《梦旅人》

前些年我在看《情书》的时候，就知道有《梦旅人》，但一直没有找到这张碟。待我终于看了《梦旅人》之后，这两部有着鲜明对比效果的片子，就如同影片各自的基本色彩元素一样，鲜明地呈现出岩井俊二内心世界的两面。在白色中，他打量这个世界的眼光是清澈的、伤感的，也是温暖的；在黑色中，他眼中的世界是荒诞的、游戏的、不值得眷恋的。

如果我没有记错，《梦旅人》在前，《情书》在后，也就是说，岩井俊二先是在背面解说了一番人生，然后绕到正面又解说了一番。之后，他就干脆绕到侧面去了，拍出了荒谬的《燕尾蝶》和虚无的《关于莉莉周的一切》。

他是想全方位地解说人生吧？这也许是他的野心，也许是他的造次。

没有人可以全方位地看待人生。这不是人能胜任的工作，这是神的任务。

有一个小友对我说，他最喜欢的导演是岩井俊二。我说，应该是拍《情书》的岩井俊二吧？他问我，你呢？我说，他是我喜欢的导演之一，他是拍《梦旅人》和《情书》的岩井俊二。

我喜欢黑色和白色，前者是我心灵中的秘密，后者是这些秘密散射出来的光。黑色会散射出白色的光吗？是的，会的，我看到了的，因为它发生在我的身上。

2003/4/10

美与幻灭并肩而行

北野武2002年推出他的作品《玩偶》(DOLLS)，服装设计他请的是大名鼎鼎的时装设计师山本耀司。一个北野武，一个山本耀司，加上故事梗概告诉我这是一个爱情故事，而不是北野武最擅长的暴力故事，于是这片子非看不可了。

但是，这还是一个暴力故事。后来看到北野武自己谈《玩偶》："……正当角色的生活渐有起色时，死亡却突如其来。他们都没来得及准备。由此看来，我想这才是我最暴力的一部作品……原因是这一回的暴力来得出乎意料。"

这部片子是三个爱情故事串在一起，归结到一个共同的主题上去：幻灭。这是北野武一贯的主题，也是他看待人生的态度。

第一个故事：一对情侣，女人因男人的背叛疯了，男人回头，用一根红线绳将两人缚在一起，走过春夏秋冬，长途跋涉回到当年定情的酒店；就在女人似乎清醒过来的时候，两人一起跌下山崖……

第二个故事：黑社会老大年轻时抛弃了深爱自己的女人。当他退出江湖的时候，想起女人说过会在每个周末都坐在公园里的一张长椅上等他。老大决心到老地方去缅怀一番，却惊诧地发现，女人居然一直守着这

《玩偶》

个诺言，居然穿的还是当年的红裙。老大百感交集，但未来得及整理自己的吃惊和感动，便死于仇家的子弹……

第三个故事：男歌迷爱着自己的偶像歌手。歌手因为一场车祸失去了一只眼睛，从此避居海边，不见任何人。男歌迷刺瞎了自己的眼睛，终于得与偶像（这是现代版的《春琴抄》）相会，并与偶像一同漫步玫瑰花田，状甚幸福；却不料，镜头一转，男歌迷仆尸在地，身下鲜血淋漓……

三个故事由“能乐”木偶剧中的一对痴男怨女来起势、贯穿、结尾，故片名为《玩偶》。那对玩偶穿的和服出自山本耀司，男的是灰蓝条纹，女的是红、蓝花色布料交互镶嵌。这两套和服最后穿在了那对由红线绳缚在一起的情侣身上，他们穿着这两套型号巨大的美丽和服，隐现于白雪覆盖的山岭上，最后，穿着这身行头遇难。在这个镜头里，远景是初升的红日，近景是皑皑白雪中，悬崖下伸出一根枯枝挑着红线绳，一边坠着一个“玩偶”。然后，镜头推过去一个特写，男人眼睛眨了一下，那神情似乎相当满意——此刻，观众的心悲喜交集，这两个人就这么完了？死得这么诡异，这么美？是完了，字幕打出“谢谢观赏”，然后，工作人员字幕徐徐上行。

一下回不过神来，真的就这么完了？

在《玩偶》里面，山本耀司是非常耀眼的。红线绳情侣走在春天漫山遍野的樱花里，这时他们的衣服是白和橙黄；走在夏天的海边，着的是青绿衣衫；走在秋天的红叶里面，男人的深灰和女人的深红，前者是悲伤之爱的底色，后者是这底色上用力的一个吻；到了冬天，雪中的这对情侣舞台化的和服，是爱和死的礼服，让人尊崇。

在《玩偶》里面，山本耀司的服装设计特意脱离常识的要求，而是延续他层叠、悬垂、包缠等惯用的手段，强化了北野武这部电影所要求的恍惚、突兀的感觉。他的服装在那些令人屏息的绝美的镜头里，是一种彻底的沉溺，也是一种彻底的超脱，这中间，美与幻灭并肩而行，姿态从容。

看到黑社会老大被仇杀的那场戏时，我惊讶地发现，一向用电视新闻手法表现杀人场面的北野武却止于一把枪伸向老大。我长舒一口气。说实话，每次看北野武，他的暴力表现这个问题事先总是让我有点心里发毛。他的很多片子里有相当刺激的血腥镜头。北野武这回真的变了？不，不完全是。接近结尾的时候，我还是看到了大量的鲜血——男歌迷倒在一大汪鲜血之中。然后，下一个镜头更难受——医院的人用水龙头冲洗地上的血迹，那血很浓很稠，用的是特写镜头，看得心都抽紧了。

读到香港影人叶念琛写《玩偶》的一段文字，那也是我看到冲洗镜头时的心情。他写道："……片里的一幕，瞎了的影迷刚探望完偶像，在马路上用口琴吹起偶像的一首轻快曲子。转过镜头，他却陈尸在血泊里。医护人员后来用水洗涤地上的血迹——同样悸然心痛的场面，又发生在4月1日（注：张国荣自杀当天）。电影和现实，在最接近的一刻，竟是如此让人措手不及，也心如刀割。我终于明白北野武所说的暴力，来自无常。"

2003/4/25

母女恩仇录

最近看到一则新闻，说是香港女星郑裕玲的母亲孤身死在公寓里，被发现时，尸体已经开始腐烂了。于是媒体赶紧追踪郑裕玲的反应。她的反应相当冷淡，先是说母亲有心脏病，一直劝说她请人照顾，但母亲性格倔强，不听劝告；又说，自己平时和母亲关系不算密切，几个星期打一个电话；还说，自己已经从母亲去世的阴影中走出来了，现在心情很平静。

这则新闻让我很是诧异。不在与母亲关系恶化这一个层面上，这种事情虽说有违伦常，但也不是罕见的事情。我的诧异是，郑裕玲的个性真是太犀利太坦率也太厉害了，坦言母女关系恶劣是其一，其二，居然坦言自己已经从母亲去世的阴影中走出来了。她母亲才去世了几天，她就走出来了？她是决意把“恶女”这顶帽子戴到头上了。

在我看来，人间悲剧之最是子女与父母失和。这个世界上，几乎所有的人都可能也可以不爱你，但总有一个永恒的住所，因为你的父母爱你；而你，也有一个永恒的爱的倾注对象，那就是自己的父母。这是一股由神决定的活水，源远流长，从根本上给予人类以信心。如果这股活水都死掉了，那人生真是毫无指望了。

我愿意这样想，郑裕玲面对媒体的反应可能是一时的情绪，是一种太复杂的情感产生的变异，就像我这一年多来看到的三部“母女恩仇录”。

这一年多来，看了三部描述母女关系的影片——法国的《钢琴教师》(THE PIANO TEACHER)、美国的《白色夹竹桃》(WHITE OLEANDER) 以及西班牙的《西班牙女郎》(LA SPAGNOLA)。从记忆新鲜的角度讲，正好从看的时间顺序上倒推回去。

最后看的《西班牙女郎》。一家生活在澳大利亚的西班牙移民，父亲是个混账，不养家，还在外面养女人。母亲是个炮筒子脾气，激烈偏执，和丈夫的关系一塌糊涂。女儿古怪沉默，偏爱父亲怨恨母亲。父亲离家出走，和外面的女人住在一起，扔下母女两人，不给一分钱，还拿走妻子所有的积蓄买了一辆新车给情妇享受。母女俩生计艰难，一大堆账单等着付，母亲在绝望中脾气极端暴躁，迁怒于“连呼吸都和他一个样的”女儿。她杀掉女儿心爱的鸽子、羊，剪掉女儿的长发，破坏女儿和姑姑之间亲密的感情。但是，她还一直坚守着一个底线——想方设法弄钱养活女儿。她对女儿说：“这个世界上，没有人会无缘无故地给你东西。没有。”女儿终于出走，然后，回来，送给母亲一辆她向往已久的靓车。车子的刮雨器上夹着一张字条：“因为你是我的母亲，所以我无缘无故地送你一辆车。”这辆车是女儿偷来的。

《白色夹竹桃》的故事更有戏剧效果。单亲家庭中，母女两人孤单而亲密地生活在一起。母亲是个绝色美人，还是个艺术家，无比骄傲，却被一个男人玩弄了。他先是追求她，然后抛弃她。母亲用白色夹竹桃的毒汁谋杀这个男人，被捕入狱，未成年的女儿被送往收养中心，然后辗转在三个收养家庭之间。然而每一次被收养，每一次在女儿快要享受新家庭的幸福之际，这幸福都会被狱中的母亲破坏掉。女儿每一次去探望母亲，母亲

《西班牙女郎》

都要斥责女儿脸上有了陷溺于温情之中的“软弱”的倾向。母亲说，要“坚强”，要“优秀”，要“狠”，她要求女儿一定要以她为榜样做一个永不屈服的人。最后，女儿成年，终于成为了母亲要她做的那种人——她的确足够狠了，狠到对母爱不屑一顾。

《钢琴教师》中的一对母女也是相依为命的格局，一个四十多岁的老姑娘和一个上了年纪的寡母生活在令人窒息的小公寓里。母亲像管束小女孩一样管束着女儿，规定她回家的时间，侦探她的交往，检查她的衣柜，看到有“放浪”感觉的衣服，便用剪刀剪破。女儿奋力反抗，气愤到极点的时候和母亲厮打，然后，抱着母亲哭泣、道歉。这样的一对母女，个性阴暗病态，彼此心知肚明但秘而不宣。终于，女儿在变态的母爱和自己变态的性欲望的双重摧毁下走向毁灭。

三部电影的共同主题是“母女恩仇”，都像一块毯子，“恩”是质地，“仇”是图案，这中间是无法说清楚究竟是什么颜色的爱。天生的血脉之亲决定了母女之间无法割舍的爱，但因为造物主的错误，让这样的两个女人成为敌人。于是，这块毯子所呈现出来的模样有着人性中巨大的悲哀和无奈，放到文学艺术里面，便成了杰作，让人无法评论。杰作在我看来，总是有很多东西溢出评论之外无法言说的。

三部“母女恩仇录”有着各自的味道，西班牙电影激烈和明朗的特色在《西班牙女郎》一片中一以贯之，让这么一个悲伤的题材甚至产生出了喜剧的效果。《白色夹竹桃》具有典型的美国非主流作品的恍惚和神经质，轮廓清晰但语焉不详。《钢琴教师》带有法国特有的阴郁复杂，非常细腻，很多细节有着让人震惊的效果。从穿透力的角度讲，《钢琴教师》是最有穿透力的，它有点像同样出自法国文化的另一出母女恩仇录：杜拉斯和她的母亲道纳迪厄夫人。

杜拉斯的母亲是所有了解杜拉斯作品的读者都十分熟悉的形象。一个可敬（如果说她顽强）可怖（如果说她偏执）的女人，一个居住在印度支那的贫穷的古怪的法国寡妇。母亲一生都对她那歹徒似的大儿子充满了“强烈而又邪恶”的爱，而把二儿子和小女儿的生命置于黑色的阴影之下。杜拉斯一辈子在她的作品中说了无计其数的谎言，但我始终相信，之所以她能这么花哨又这么深刻，是因为对母爱的渴望而不得。她无论是作为一个女儿，还是作为一个作家，都从来没有获得过母亲的青睐。就在母亲临死之前，她只是召唤她那一直鬼混的长子，“我当时在房间里，”杜拉斯写道，“我看到他们哭着吻抱在一起，对将要分开感到十分难过。他们没有看到我。……她想同他一起埋葬。在墓穴里只有两个人的位置。这不能不减弱我对她的爱。”

这个临终告别是我读到（或看到）的最为哀伤的场景。在渴望母爱几乎一生之后，最终却一无所获。因为这一点，我可以原谅杜拉斯所有的怪戾之气。最可怕的怀疑是对母爱的怀疑，有了这种怀疑，人生就可以理直气壮地垮掉，就像杜拉斯在她的生活和作品中所做的一切那样。

2003/5/2

与黑暗对视

先是知道张作骥的《美丽时光》，其号称2002年华语电影三雄之一——台湾是《美丽时光》，香港是《无间道》，大陆是《英雄》。后面两部都及时看了，但一直没有看成《美丽时光》，没买到碟。

倒是看了他之前广获好评的《黑暗之光》。一个中午看的，本来就有点犯困，看到十五分钟的时候，我打了第一个哈欠，然后哈欠就一个接一个，接着，我大概迷糊了几分钟，突然一个激灵清醒过来，睡意全无。这之后就像被一只手抓到影片里去了。

去查关于张作骥的访谈，哑然失笑，他自己都说，他的电影很闷，“必须撑过前三十分钟，但如果你撑过去了，后面你就不想走了”。不过，以我看闷片的毅力，闷上个三十分钟简直算不得什么。我常常是被闷上一个多小时都还守在屏幕前。看影碟这件事，我有点偏执狂倾向，这让我看了很多好电影，就像张作骥的一句话：“电影一定是要看完的。”

电影是需要看完的，就像生活也必须过完才能得个结论。很多时候，前面的闷是一种付出，到滋味出来的时候，就是获得了。当然，也有完全付出却一无所获的时候，这在我还是少数情况，很幸运。这也许得益于我的付出不是盲目的，毕竟在选片上准备得比较充分。张作骥还说：“有种

Darkness & Light

黑暗之光

《黑暗之光》

电影是从头到尾不让你休息的，好莱坞式的，很精彩，但看完出来没东西；有一种是必须睡足三天，可能还得带着防蚊拍和电击棒，一打瞌睡就电击自己。我希望自己做中间那种。”

他是中间那种。《黑暗之光》像生活一样闷，但也像生活一样有起伏、有细节、有很多幽微的不能言喻的东西。它就是生活本身，只是比生活浓缩一点，比生活更像一个故事。

少女康宜在一个暑假里面开始了初恋，但很快地失去了恋人，也失去了父亲。恋人被人砍死了，父亲病死了。在这个黑暗的夏天即将过去的时候，康宜看到夜空中的焰火，还是能在脸上绽放出喜悦的笑容。年轻总是很容易康复的，年轻的生命本身就是光，即便是在最黑的黑暗里，它还是能透射出来。黑暗是一只兽，很可怕，但强大的生命本身可以从它那潮湿的腥的呼吸里面嗅到甜蜜的气息，然后，可以坚强地停留，不逃，甚至可以蹲下来，和这只兽对视。

张作骥在《黑暗之光》中表现出的对生活原生态的忠实态度以及提炼能力，让我相当感佩。他可以不借助任何艺术上的噱头就能把喜悦和悲哀给表达出来，他的人物都不说台词，说的全是生活中的废话，跟我们在生活中所说的一样。但是，我们平时所忽略的生活的质感透过他写真的镜头凸现出来，让我们反观生活中那些纹路的美，那些纹路可能就在你最腻烦最觉得无聊的那一刻呈现出来。这也是张作骥本人的人生立场：活着本身就是诗意的、快乐的。

张作骥还有一句非常棒的话："世上所有东西都会不见的，有些东西太快了就不觉得它存在，有的太慢也不觉得存在，人与人相处也是这样。"这句话像台词一样精彩。是的，有些东西太快了，快得像两个小时的电影，有些东西太慢了，慢得像过不完的人生。但是，它存在过，它的印记就能留驻下来。

2003/5/5

为炽情付出的代价

最近周围的朋友们讨论起斯宾诺莎的一段话："精神上的不健康与不幸，一般能够追溯到过分地爱某种难免多起变化的东西。"

小你是学哲学的，她解析说："斯宾诺莎给我们指出了'矫治各种情感的方剂'。其中很重要的一点是，他认为我们应该爱神（他是一个泛神论者，他的神相当于大自然），而不是爱人，对神（大自然）的爱和对人的爱相比，有一利：清晰、判然的知识'产生对永恒不变的事物的爱'，这种爱不带有对变化无常的对象的爱所具有的那种激荡烦扰的性质。"

正好这几天我看了瑞典影片《不忠》（FAITHLESS，又译《狂情错爱》），这是英格玛·伯格曼2000年的作品，但他不是导演，而是编剧，导演是他早年的御用演员，也是他多年的生活伴侣丽芙·厄尔曼。她曾经主演了伯格曼的《假面》《呼喊与细雨》《秋天奏鸣曲》等不朽杰作。拍这部影片的时候，伯格曼与厄尔曼早已分手多年，但这并不妨碍他们之间那种深厚的情感以及互为心灵知己的关系。在《不忠》中，厄尔曼真不愧是伯格曼一手造就的女人，在她的调度下，伯格曼深邃复杂痛苦的气息逼真地呈现出来。从这个角度讲，厄尔曼是一位非常出色的"执行导演"。

英格玛·伯格曼一生致力于用影像来探究关于人生要义的命题，在

《不忠》中，他用他的故事回应了上面提到的斯宾诺莎的格言——人究竟会为炽情付出怎样的代价。

是炽情，而不完全是爱情。炽情在爱情里面，是爱情的一种呈现方式，

《不忠》

但它只是爱情的一个部分，它处于爱情的顶端，与爱情的主体和底部在质地上有很大的区别。它是闪耀的光焰和柔滑溺人的水。也可以说，炽情不是爱情，但它是爱情这个事件成立的基础和前提。

在网上私人论坛上讨论斯宾诺莎那句话时，另一个朋友汉字厨房感叹道："至于爱情，我想提议在这个符号尚难以约定其准确含义和相互会意的时代，先就不用了吧。不用这个字眼，我觉得紧张的世界一下就会松弛下来，内心的疙瘩亦会软化。只是，我们个人只对自己的时候有这样的权利：想起爱情备感温暖。"我跟帖道："用用爱情这个词也无妨，不过一个词而已。只要不对这个词紧张，内心也就不紧张了。把这个词泛化一点看待，其实也是个好词，很有归纳性的。"

其实我想说的是，如果不用"爱情"这个词，就如同我们丢掉了一个容器。如果容器里装的是水，那倒是一劳永逸了；但是，爱情这个容器里装的不是水，是汉字厨房的那个词——内心的疙瘩。

我不得不说《不忠》中发生在玛丽安娜和大卫之间的那种感情的确是爱情，但是，他们的爱情停留在炽情这个阶段，然后，就像火燃得太旺的后果——留下一堆灰烬。他们这种爱情也过分高难度——大卫和玛丽安娜的丈夫麦克斯是好友。大卫和玛丽安娜在走出关键的那一步前曾经反复讨论会产生什么样的后果，但这种讨论是无济于事的，他们终于成为了情人，并无法控制地要厮守在一起。在玛丽安娜离婚以及离婚后的一段时间里，她终于发现自己掉进了炼狱之中，她要和麦克斯争夺对女儿的抚养权，要忍受大卫强烈的妒意，最终还要承受麦克斯自杀给自己带来的负疚感和罪恶感……终于，这一切压垮了玛丽安娜和大卫两个人，炽情早已灰飞烟灭。爱情还未长大成型，他们之间已经完蛋了。

这是三个瑞典中产阶级的典型人士，成功、富裕、修养良好。麦克斯发现妻子和好友之间的私情后，找到大卫的寓所，是玛丽安娜开的门，夫妻两人处在极度震惊且极度难过的情境中；玛丽安娜的第一反应是“请进”，麦克斯的第一反应是“要不要脱鞋？”而大卫一言不发，非常尴尬地用床单围住自己的身体。电影的这一段让人不禁哑然失笑。

真是要命的习惯性的修养，放在捉奸成双这个情境中，又滑稽又凄凉。

我查了一些资料，得知《不忠》被称为伯格曼的封箱之作。这其实是他的自传，是他伟大而漫长的一生中刻骨铭心的一个阶段。他就是大卫。影片以老年伯格曼与幻想中的玛丽安娜之间的对话贯串全片，以老人独自一人走向海滩作为结束镜头。而这个时候伯格曼本人远离家人，独自生活在费罗岛上。爱情与个人生活的惨败，婚姻和随之而来的内在悲剧，炽情的眩晕和欲望的衰退，这些主题在作品中和生活中纠缠了伯格曼一辈子，直至其生命最后阶段，还是没有一个清晰的轮廓，清晰的只是一次又一次冲向爱情，一次又一次体无完肤的记忆。

《不忠》中，麦克斯自杀了，通过对话观众可以知道玛丽安娜也死了，好像是投水自杀，因为台词说她“淹死”了。影片有着一种因为悔意太深而无法流露出来的绝望。套用汉字厨房的那句话，对于晚年的伯格曼来说，也许是想起爱情备感孤寒吧。

2003/5/18

侯麦的四季之爱

关于侯麦，我发现除了复述他的故事之外，是没办法分析的。他的《人间·四季》系列（分春、夏、秋、冬四部故事独立的电影），更是这样的情形。他太清淡，跟生活本身一样清淡。如果不高兴，还可以把“清淡”这个词换成“寡淡”。他不给观众提供任何噱头，也刻意回避张力。但是，他在复制生活的同时，为影像上的生活覆上一层薄薄的诗情。这诗情真的很薄，几乎透明，没有遮盖能力，但涂得很仔细、很均匀。我觉得它们很像涂在原木上的清漆。靠这层清漆，木头可以在很长一段时间里和空气以及风雨对抗。

春：我应该爱他

已经不年轻的姜下了班，回到男友的公寓。他外出旅行了，留下一张条子和一个乱成狗窝的家。姜突然觉得无法忍受，收拾东西回自己的公寓。借住的表妹还没有走，甚至带来了男朋友。姜只得说是回来拿东西的。这个晚上她去哪里呢？恰好大学同学来了电话，请她赴一个聚会。

姜来到这个聚会上，除了老同学，她一个人都不认识。她只好坐在沙发上慢慢地咂着酒，想把这个晚上混过去。沙发上另外坐过来一个年轻的

Contes Des Quatre Saisons
Eric Homer
人間。四季。侯麥
CONTES DES QUATRE SAISONS
ERIC ROHMER
CONTE DE PRINTEMPS
ANNE TEYSSEDRE HUGUES QUESTER FLORENCE DAREL
春

《人间 · 四季》

女孩。两个人聊上了。这个女孩叫娜塔莎，男朋友有急事，把她扔在这里先走了。她也是一个人也不认识。两人聊得对脾气，娜塔莎对姜说，你没地方去？那干脆到我家去吧。

娜塔莎跟父亲住在一起，离了婚的母亲住在外省。父亲住到女朋友伊芙家里去了。娜塔莎喜欢姜，想把姜“发”给父亲，取代那个她看不惯的伊芙。

接下来的一周，姜和娜塔莎相处十分融洽。虽然年龄差距不小，但两人很投契。姜为了表妹尽兴，也为了娜塔莎开心，决定继续在娜塔莎那里住下去。

姜当然见到了娜塔莎的父亲和伊芙。伊芙也是个女孩，跟娜塔莎水火不容，完全没办法和解。父亲在焦头烂额的同时，与成熟安静的姜之间有了一些微妙的感觉。

姜是一个哲学老师，对世界和人生的看法太过透彻和冷静。表妹走了，姜毅然离开已经有点离不开的娜塔莎的家。她没有回自己的公寓，而是回到男友的住所，耐住性子打扫房间，迎接男友归来。她太清楚，“我适合嫁给他，所以，我应该爱他”。

夏：我到底爱谁？

卡斯巴学的是数学，热爱的是音乐。他是个高挑瘦削的青年，沉默寡言，害怕人群。

卡斯巴到海滨度假，并等待约好时间在此会面的女友蕾娜。卡斯巴对蕾娜心中没底，他并不了解她的感情，说实话，他也不太了解自己的感情，他只知道自己迷恋她。

在等待蕾娜的日子里，卡斯巴借居在朋友的公寓里，每天练练吉他、谱谱曲，然后就到处走走，到海里游游，到快餐店吃吃东西。日子倒是蛮好混的。

在快餐店打工的女硕士玛戈注意到卡斯巴，与他主动结识，然后两人成为朋友，每天一起散步聊天消磨时光。玛戈的女友苏莲是个身材惹火容貌艳丽的女子，她也注意上了卡斯巴，和他约会、亲吻，但不和他上床。她说，她看上去很好上，但事实上有原则，那就是第一次约会不上床。

蕾娜终于来了。她好像满腹心事，冷淡且古怪，总找茬儿和卡斯巴吵架。

有一座美丽的小岛离这海滨小城不远。苏莲约卡斯巴一同前往，其含义非常明显，因为那就不是第一次约会了；玛戈约卡斯巴前往，去的结果很可能是将友情的性质颠覆一下；蕾娜情绪平静下来，也说要和卡斯巴一同去那个小岛，好好修复一番他们之间的感情。

卡斯巴一直认为自己是一个被女人忽略不计的闷人，突然一天之内，三朵桃花都唾手可得，他完全乱了方寸。这个时候，一个哥们儿打来电话，说他要的那种作曲用的录音机到货了，要的话赶紧去提，这货紧俏得很啊。

卡斯巴背起包就跑了。他的难题因为一台机器而得到解决。

秋：我不能爱他

伊莎贝拉气质高贵，职业体面，二十四年的婚姻相当成功，和丈夫感情甚笃，女儿长大成人，马上要出嫁了。

伊莎贝拉最好的朋友玛嘉莉是个寡妇，和女儿、儿子失和，独自一人伺弄着她的葡萄园。

玛嘉莉之子里欧的女朋友罗欣，一方面随时准备甩掉里欧，另一方面和玛嘉莉成了好友。可以说是玛嘉莉的缘故，她暂时没有和里欧分手。

伊莎贝拉和罗欣都想为玛嘉莉找个好男人，但玛嘉莉过于内向矜持，总是相信可遇不可求这种老话，不肯出外交际。伊莎贝拉和罗欣只好各自想着儿。

罗欣为玛嘉莉找的是自己以前的老师兼情人艾堤恩。

伊莎贝拉瞒着玛嘉莉登了征友广告。应征者还挺多。她选了一个回信的措辞看上去蛮不错的对象前去审查。

伊莎贝拉见到了这个叫杰哈的应征者，居然是个相当出色的男人。

伊莎贝拉心乱如麻，她没想到自己为好友做的这件事会给自己带来这么大的困扰。她知道自己快要爱上杰哈了。

伊莎贝拉及时中止了自己的感情，她把事情的真实情形告诉杰哈，并约好在女儿的婚礼上让杰哈与玛嘉莉“不期而遇”。

婚礼上，玛嘉莉遇到了两个被安排出场的男人。她和艾堤恩之间彼此绝缘，但和杰哈一见如故，相当投机。

伊莎贝拉在女儿的婚礼上和丈夫相拥起舞，亲密融洽。她的生活非常美满，连她为好友安排的生活都这么顺利。杰哈差点成了一个意外，不过是虚惊一场。伏在丈夫的肩头，伊莎贝拉的眼神复杂得无法解读。

冬：我只能爱他

艾莉西在海滩上与夏洛荷相遇，彼此一见钟情，火花迸射。

分手的时候，艾莉西对夏洛荷说出自己的地址，让夏洛荷给她写信。

转眼五年过去了。艾莉西带着那次激情行为的结果——一个长得和夏洛荷一模一样的小姑娘和几张照片，同母亲生活在一起。她过得还不错，同时和两个男人交往，一个叫马桑，一个叫路易。马桑是她的老板，强壮、现实；路易是书商，博学、浪漫。幸运的是，两个男人都很爱她；不幸的是，艾莉西依然爱着夏洛荷，并总是幻想能和他重逢。

艾莉西后来才发现，当时对夏洛荷说地址的时候，因为分手时刻的恍惚和忧伤，她居然把城市名给说错了。他们彼此没有留下其他的联系方式，彼此对对方的情况都不了解，甚至除了名字，两个人连彼此的姓都不知道。这一错，艾莉西再也找不到夏洛荷了，他湮没在茫茫人海之中，杳无踪影。

马桑和路易都愿意和艾莉西生活在一起，他们都知道她爱那个失踪的男人，但都很有耐心也很有信心让她爱上自己。艾莉西曾经选择了马桑，想通过他的现实感来获得自己的平静。后来，她离开了马桑，和路易清淡相处，想通过一种男女之间的纯粹友情来平复自己对夏洛荷的思念之苦。

所有人都说艾莉西在做白日梦。且不说是否能重新遇到夏洛荷，就是遇到了又能怎样，他还爱她吗？他结婚了吗？他有孩子了吗？

只有艾莉西一直坚持她的梦想。

终于，她在公共汽车上遇到了夏洛荷。小女儿一眼就认出了这个男人就是她房间里那幅照片上的男人，她的父亲。

结果是那么美妙。夏洛荷没有结婚，没有跟其他女人生孩子，而且，他还爱着艾莉西。

艾莉西哭了，对夏洛荷说这是喜极而泣；小女儿也哭了，外婆询问，她学着妈妈的口吻说：这是喜极而泣。

2003/6/20

弗里达

对《弗里达》(FRIDA)的期待很隆重。在该片开拍的消息见报后，我就开始期待了。过了差不多两年，才看到它成为威尼斯电影节开幕式影片的消息。紧接着是媒体的欲言又止，不说好，也不说不好。

我是一直等到《弗里达》的碟版出来后才去买来看的。先前的枪版、修正版出来时我都忍住了。对于一部描述世界上最鲜艳的女人的电影，我一定要看到相对完美的画面呈现在我眼前。

我看到了我希望看到的很多画面——墨西哥特有的九重葛红、宝蓝色的平房、庭院里孔雀散步以及跟弗里达紧紧联系在一起的白色的石膏、各种纯色的墨西哥民族服装、鲜血、黑发、黑色的痛苦、盛开的花朵以及不透明的眼泪。

不过对这部影片真是不知说什么好。它显得仓促和紧张，编导面对弗里达一生过于丰富的故事显得难以取舍，进而手忙脚乱。不过，我还是喜欢这部电影，它是动了情的，甚至可以把它的仓促和紧张视为动情时刻的笨拙。

主演萨尔玛·海耶克的表演也跟整部影片一样，不知让人说什么好。她明显用力过度。不过，出于同样的理由，我还是喜欢。作为墨西哥籍的

WINNER
2 ACADEMY AWARDS®
INCLUDING BEST ORIGINAL SCORE
One Of The Year's Best Pictures!
SALMA HAYEK
ALFRED MOLINA
ANTONIO BANDERAS
VALERIA GOLINO
ASHLEY JUDD
MIA MAESTRO
EDWARD NORTON
and GEOFFREY RUSH
Frida
阿什麗・賈德
A Film By Julie Taymor

《弗里达》

演员，海耶克表达出了弗里达墨西哥式的浓烈，却没能表达出弗里达独有的复杂，但海耶克本人对这个角色有一种强烈的爱慕之情，她在这个片子里那种自始至终的近乎歇斯底里的眼神，可以说是弗里达的，更应该说是海耶克的，很是撼人。

电影《弗里达》是根据海登·赫雷拉的传记《弗里达》改编的。该片想在影像上还原这部极精彩的传记作品的全貌，但事实上这是做不到的。就是这个企图损害了电影本身。我很遗憾地看到传记中许多更精彩更应该选择的细节没能呈现在影像上，甚至弗里达的很多作品也没能充分展示。后者对于一部关于画家的传记片来说，是致命的。

在传记《弗里达》的最后，有关她的临终时刻，是这样写的："……她要求将那张四柱床从卧室的角落里搬到过道上，她说她想多看一眼花草树木。从这一视角她还可以看到里维拉养的鸽子。当夏雨骤降，她就长时间地观赏树叶上跳动的光影，风中摇晃的枝条，雨珠敲打屋顶、顺檐而下……"而影片的最后，弗里达临终前还在作画，并以她赠给里维拉二十五周年银婚戒指结尾。我不喜欢这个结尾。我相信弗里达临终前一定放弃了所有，包括绘画和爱情，她会因终于要告别这过分痛苦的一生而欣喜，这种欣喜只有自然本身才能理解。

2003/6/13

寻找小津

维姆·文德斯的声音真好听，很低，但很清晰，像一把音色非常好的贝司。其实这么说是不太准确的，最好的乐器也比不上最好的人声，但反过来说，很多乐器比很多人声好。

文德斯的声音出现在记录片《寻找小津》里面。他是导演、摄影和画外解说。在这片子里面，文德斯用德语喃喃自语，我看着中文字幕，把他的声音当做一种音乐来听，沉溺其中。这个时候，影像本身已经不重要了。《寻找小津》是杰出的导演文德斯写给伟大的导演小津安二郎的一封私人信件，信笺是文德斯1983年在东京捕捉的影像，然后，文德斯将信的内容念出来。念这种信，语气总是温柔而迟疑的，竭力掩饰悲伤。

人们总是有给自己爱慕的人写信的冲动。如果爱得太深，信的内容总是顾左右而言他的，有一种对表达是否准确清晰的疑虑阻碍人们直接的表达。文德斯1983年在东京，尽量捕捉小津作品中的那些元素——列车、老人、孩子、东京街道的夜景，还有樱花树下人们快乐地推杯换盏，来怀念他在电影上的“父亲”小津。但这一切已经不是小津的东京了，城市的享乐麻痹替换了小津时代的清寒自省，由享乐麻痹带来的寒冷孤独，也取代了小津时代温暖的人际关系。

在文德斯的影像中，“弹子游戏机”的场景尤其让人感觉复杂。很多很多老人，坐在本该是小孩和年轻人玩的弹子游戏机前，眼神呆滞地玩着这种只需要运气的游戏。这种场景让人看上去非常难过。一个人干着不符合自己年龄或性别的事情总是让人难过的，比如我们看到童工，看到女人在矿井里干活，看到男人绣花，再就是看到老人坐到弹子游戏机前。但文德斯许可了这种情形，他说，“弹子游戏中有一种催眠的作用和随之带来的莫名其妙的幸福感”。

也许，真正的幸福感总是有点不合常规。也许吧。

《寻找小津》里访问了两个老人，一个是演员，一个是摄影师，他们都跟随小津安二郎很多年。他们面对摄影机回顾了自己在跟小津一起工作的那些岁月里是如何受惠的，

《寻找小津》

如何因为这些惠赠而获得了幸福感。他们说到最后都流泪了。摄影师说："小津去了后，我对工作就丧失了热情。我这一辈子只为他付出，也只愿意为他付出。"

很早就听说了小津的墓碑上没有名字和题词，只有一个"无"字。在文德斯的影像里，我看到了小津的墓，青石筑就，非常简朴，可以用水桶拎水一遍一遍冲洗。文德斯在此处的旁白里，读了日文发音中的"无"。日文发音的"无"和中文发音的"无"很接近，在文德斯这个西方人读来，基本上就是字正腔圆的中文的"无"了。他一遍又一遍读着这个"无"字，让我想起了文德斯的《柏林苍穹下》中那个观察细微的天使，也是用一种"无"的眼神观看着黑白的柏林。"无"，无论是在中文还是在日文中都是闭口音，发出的声音都是低沉的、无法高亢嘹亮的。我现在也越来越有一种感觉，很多闭口音很有力量感，它们接近于沉默。

2003/7/1

深色的青春

喜欢张作骥是从《黑暗之光》开始的，到了他的《美丽时光》，这种喜爱就固定了。《美丽时光》作为第五十九届威尼斯电影节的正式竞赛作品以及第三十九届金马奖最佳影片，的确不负盛名。原来看过张作骥的一个访谈，记住了他的一段话："世上所有东西都会不见的，有些东西太快了就不觉得它存在，有的太慢也不觉得存在。"我觉得这话指的是青春的实质。《黑暗之光》诠释的是"太快"，爱情太快地消失，就跟没有发生过一样；《美丽时光》诠释的是"太慢"，阿伟和阿杰的青春在他们身上犹如漫长的夏季，又热又闷，似乎没个尽头，然后，青春戛然而止，终止于冲动以及为冲动付出的生命代价。

这段时间，朋友何大草的长篇小说《刀子和刀子》即将出版。他在后记里写道："里尔克喟叹一声，'夏日曾经很盛大……'这不朽的诗句，一定写于秋风刮过了原野。青春的时候，我们何曾珍惜过青春？青春只有活在记忆里，才日甚一日，刻骨铭心。……在一个迷漫着偶像和可乐的时代，他们的青春那么深色而又倔强。噢，其实他们从来如此，在每一个时代都有他们这种人，他们都以这种深色存在着……"

在何大草的《刀子和刀子》里，我读到了这种深色的青春；在张作

MENG-JIE GAO
高盟杰
MAO-YING TIEN
田茂英
きらめきの季節
The Best of Times
美麗時光

《美丽时光》

骥的《美丽时光》中，我看到了这种深色的青春。深色，是血色、绝望之色，也是蓝色，是从绝望中奋力跃起拼出来的希望之色。影片的结尾处，阿伟幻想着和阿杰的另一个选择——他们依然是被那群人追上了，但没有像事实上那样被杀掉了，而是跳进了大海；他们舒展着身体，在柔滑的海水里做着各种各样的动作，快乐无比。

我一向很佩服能够尽情回顾青春的创作者。这是一种能力，更是一种勇气。何大草作品中的青春，在中年的笔下依然激情喷发，让我们能够触摸到那些十八岁的脉搏，它们跳得那么有力，那么张狂，又那么无助。张作骥更是个彻底的创作者，他写出青春的故事，然后用影像再讲一遍，他冷静地注视着他那些挣扎着的草根阶层的少年；在银幕的背后，他噙着薄薄的泪水。

《美丽时光》结尾那片美丽的海水让我的眼睛也噙上了薄薄的泪水。那片青春的海，我再也无法跳进去了；而且，更让我伤感的是，直到现在，我还没有找到追忆青春的方式。

2003/7/7

突然想起了刘易斯

突然又想起了丹尼尔·戴－刘易斯。那天在翻时尚杂志，看到一组关于“高级灰”的专题，配图里的模特儿像极了刘易斯。准确地说，像极了年轻时的刘易斯。

但刘易斯根本与“高级灰”南辕北辙。所谓“高级灰”，一般时尚杂志是这样定义的：“他们穿灰色西服，拎笔记本电脑，飘淡淡的香水味，行色匆匆地出入于酒店、机场、写字楼、咖啡馆，温情脉脉，优雅有格调，个个有着高级而高薪的职业，精通IT与企业管理……”刘易斯哪跟这种“流水线”生产出来的男人搭调啊？！但如果哪天刘易斯要演个“高级灰”，那一定就是最标准的“高级灰”，他有这个本事，要不怎么叫“千面人”呢？

我把自己对刘易斯的印象固定在《纯真年代》和《布拉格之恋》里——儒雅内敛的贵族或知识分子。是的，贵族或知识分子是刘易斯最合适的角色吧，至少我们影迷是这样看的。他把这两种身份融合在一起，让贵族有着知识分子的知性色彩，让知识分子有含而不露的贵族气。

但刘易斯显然不这样看自己，他得意于“千面人”的美誉，就是要让自己成为一个全能演员。他最近的尝试是在马丁·斯科塞斯的新作《纽约

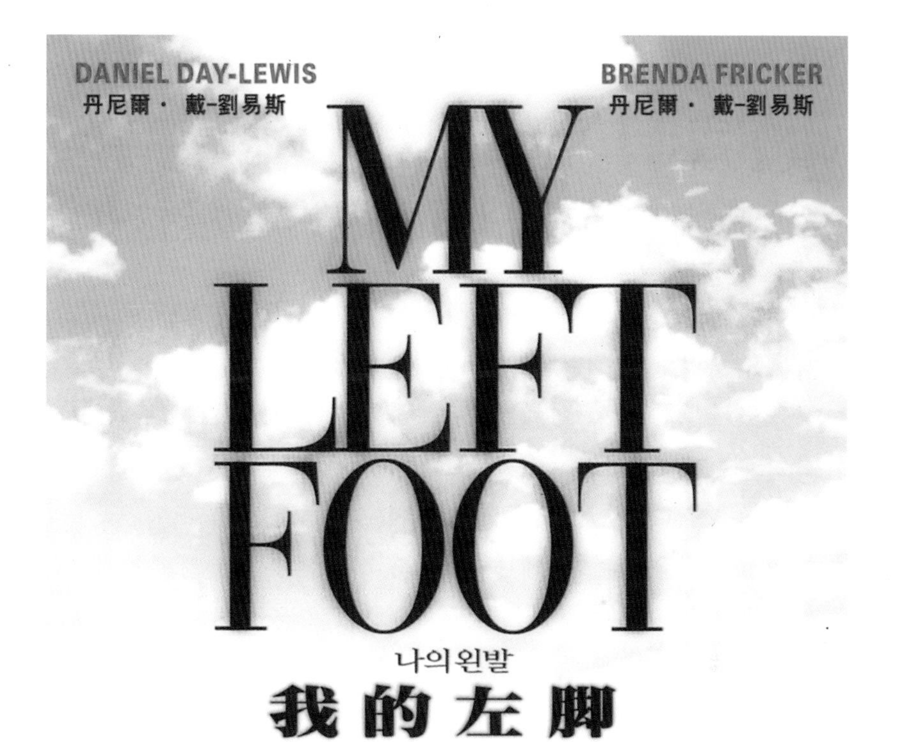
DANIEL DAY-LEWIS
丹尼爾・戴-劉易斯
BRENDA FRICKER
丹尼爾・戴-劉易斯
MY
LEFT
FOOT
나의 왼발
我的左脚

전체
관람가

《我的左脚》

黑帮》里演一个外号“屠夫”的黑帮首领，残忍、粗俗、狡猾。但《纽约黑帮》实在是太让我失望了，半个多小时后，我就在半睡眠状态中了，根本不能欣赏刘易斯的演技。

这部《纽约黑帮》就不说了（有人用了一句话评价这部对于斯科塞斯和刘易斯都是磨了好几年剑的作品是：长考出臭棋）。那天看到“高级灰”，我突然想起居然没有看过刘易斯著名的《我的左脚》(MY LEFT FOOT)，赶紧从自己的库存里将影碟翻了出来。

《我的左脚》是部什么样的电影我是早知道的：有关爱尔兰残疾画家、作家克里斯基·布朗的传记片，一部著名的励志作品。也知道它对于刘易斯的意义：这部片子让他得了奥斯卡影帝。克里斯基·布朗因为天生脑瘫，除了一只左脚，全身其他部位都不能活动，他用他的左脚拿画笔、敲打字机进行创作。我原以为刘易斯会在这部电影中充分施展他丰富的面部表现力，却不想这片子竟然如此骇怖：克里斯基的面部也是瘫痪的，不停地抽搐，总是一副惊恐万状的表情。我的天！这是个什么样的角色啊？这样的角色对于一个演员来说，简直就是惩罚。

但我看得红了眼圈。克里斯基的事迹固然感人，但我的感动更多是因为刘易斯，看他那么成功地演了这个几乎没有任何余地施展表演才能的角色，把一个囚禁在肉体里的杰出的灵魂活生生地演了个灵魂出壳。我真是无话可说，只是觉得自己这么多年对刘易斯的崇拜得到了神的赞许。

2003/7/8

比绿茶更像绿茶

最近看到一则关于茶叶的平面广告：围棋九段常昊闭目冥想，手中端着一杯清亮的茶，旁边一行字——“平常心　竹叶青”。常昊是美男，而且是难得的有静气的美男。这个广告，把茶、围棋、令人敬重的美男，三个元素组合在一起，再加上那句令人会心的广告词，相当成功啊。

“竹叶青”是绿茶，虽然我平时不怎么喝它，自从我戒了花茶之后，喝的绿茶一直是“银针”，但这个广告依然让我怦然心动。看张元的新片《绿茶》时，我特别注意那里面反复出现的是什么绿茶，看来看去，都像是现在特别流行的“青山绿水”。这种东西我是不感兴趣，那汤水如同加了色素一般，太绿了，绿得可疑，口感我也不喜欢，清涩微苦，但没有回甘。前段时间我去了一趟蒙顶山，在茶农手上买“银针”，顺便问了问也摆在那里的“青山绿水”。毕竟是茶叶发源地的人，茶农很有些自负。“这个茶怎么卖啊？”“这个嘛，不算茶了，算一种草吧。”“那你摆在这里卖？”“流行啊，好卖得很。现在的人哪懂什么茶啊？”

是一种很像茶的草，卖得比茶还贵。看《绿茶》，我也有类似的感觉。这片子不太像张元的东西，我没有看到他在《北京杂种》里的虚无以及对生活不求答案的追问，也没有看到他在《东宫西宫》里的唯美以及歇斯底

《绿茶》

里的爱好，在《绿茶》里，张元明显人到中年心平气和，看待一切的眼光温暖且包容。从现实来说，我更喜欢《绿茶》时期的张元呈现出来的那种气质，但从艺术来说，张元明显妥协了，折中了，不再雄心勃勃。这种妥协，也许是由岁月形成的主动姿态（人到一定的年龄，多半疯不动了，也爱不动了，更恨不动了），也许它是被动的，毕竟从地下好不容易站到了地面上，张元想来是要竭力保持《过年回家》给他打开的全国院线公映其作品这个来之不易的局面。

《绿茶》太轻了。故事本身以及呈现故事的影像语言，都没有什么意义。但这种无意义又不是真正的无意义，而是一种伪的无意义。于是，这种轻让观者难以承受。这就像我们喝茶，希望喝的的确是茶，如果可能的话，最好是好茶；所以，一杯看上去比茶更像茶的水，会让我们相当错愕。《绿茶》的轻在我看来是这样的，它飘起来了，但又没有真正地飘上去，它悬在半空中了，上下不着调。

但，《绿茶》是有看头的，姜文这个老戏骨的好几场戏，以及杜可风掌镜的那些个变形特写，很有味道。另外，画家方力钧和模特王海珍的表演之松弛可观，颇值得称赞。我要说的是，如果你就喜欢喝“青山绿水”，如果你就是讨厌那些保守的茶人对茶的定义及其固执的判断，那么，《绿茶》就是你要的那杯水，喝下去会很开心的。哦，差点忘了说，“青山绿水”特别清热败火，如果你需要清热败火，那么，《绿茶》就是你的电影。

2003/8/22

看碟小札

《巴士站》（韩国）

雨中的巴士站感觉很好。湿淋淋的、满腹心事一言不发的人们在镜头下匆匆走过，打着一把把素色的伞。我很喜欢雨天的素伞。音乐也很好，是吉他。此情此景如果定格可以有一个标题：“忍耐”。

这部电影就是说如何忍耐爱情。有一段前后呼应的情节。先是莉茜在凯索的房间里哭，凯索不知道该怎么办，躺在一边一动不动痛苦万分；再就是结尾处，凯索终于控制不住对莉茜的爱意，也控制不住长期以来为爱所受的苦痛，终于哭了，哭得蹲了下来。莉茜也不知道怎么办，愣愣地站在凯索后面，无比感动却又一筹莫展。

《巴士站》讲的是个性都非常内向、压抑的一对男女的爱情故事。选取这样两个情节来展现这类人在情感表达上的无力和无助以及延伸出来的绝望的感觉，相当有说服力，也相当动人。

可悲的是，这样的“无力”和“无助”的爱，只有放在电影里才能被我们接受并为之感动，生活中，这样去爱或是被爱，是不会有好下场的。

<접속> <공동경비구역 JSA>의 명필름 작품
사랑이 시작되는 곳
버스, 정류장
巴士站
L'ABRI
김태우 김민정 감독 이미연
主演· 金泰佑 金玟

《巴士站》

《广岛之恋》（法国）

《广岛之恋》的一句台词："我爱你。多了不起的事啊！"

一般人要这样说："你爱我。多了不起的事啊。"不，杜拉斯不这样说话，她就这样天真而霸道地说："我爱你。多了不起的事啊。"就像她对她晚年最后一个情人雅恩·安德烈亚说："雅恩，你跟一个出色的女人生活在圣日耳曼·代普雷——巴黎最好的一个区。你还要去哪里？"她甚至说："告诉我，你能去哪里？你跟一个著名的、十分聪明的女人生活在一起，你什么都不用干，吃住免费。全世界的人都想取代你呢。"

这种爱情的最后结论是："我不是她的鳏夫，倒是她是我的寡妇。也许是她更需要我，而不是我更需要她。她的聪明之处是让我以为恰恰相反。"（雅恩在1999年——杜拉斯去世三年后接受法国《解放报》记者采访时所说的话。）

《广岛之恋》

我想，九泉之下的杜拉斯会很赞同这位自称是她的“情人、奴隶、秘书和司机”的男人下的这个结论。她临死前对雅恩说的最后一句话是：“我爱你。再见了。”

《独行杀手》（法国）

阿兰·德隆在《独行杀手》里一直穿一件土色的风衣，戴一顶深蓝色的礼帽——这副样子让他非常的孤独。一个竭力隐藏自己孤独的男人，总是穿着T恤或衬衣，长袖或短袖的，如果一旦他穿上了外套或者风衣，他就完蛋了，他的孤独暴露无遗。这种场景，偏偏总是要被爱他的那个女人目睹。所以，这样的男人，天冷的时候很惨。不过，天冷的时候，能够目睹他这个秘密的女人不在现场，在远方。

《独行杀手》

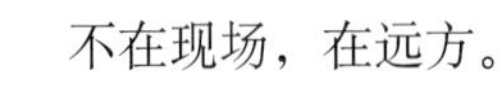

阿兰·德隆在这部影片中是一个比森林的老虎还要孤独的杀手。他还有好些孤独的行头：一大串像挂在修锁匠身上的钥匙（可以开任何他想开的锁），房间里有一只鸟（不

叫，吃得也少)，一套收拾得整整齐齐的急救包（可以在单手包扎伤口时随手可取）。

这样的一个男人,最后一言不发地心甘情愿地被自己喜欢的女人给害死了。

《春光乍泄》（中国香港）

何宝荣总是欺负黎耀辉，他对发高烧的黎耀辉说：“我饿了，给我做

《春光乍泄》

饭吧。”黎耀辉吼起来：“你还是不是人啊？让病人给你做饭？”

下一个镜头是黎耀辉裹着毛毯给何宝荣做饭。

第一次看《春光乍泄》时，看到这里笑了。

何宝荣是张国荣，黎耀辉是梁朝伟。

认真看一下片尾字幕：何宝荣和黎耀辉是《春光乍泄》中两个摄影助理的名字。

是在2003年4月2日晚重新看的《春光乍泄》。没有选择《霸王别姬》和《阿飞正传》，这两部片子里的张国荣都会让我受不了的。我不想流泪，但还是想再看看他。

结果，黎耀辉一吼却把我的眼泪给吼了出来：“你还是不是人啊？”

他已在前一天的傍晚飞身扑地变成了鬼。我情愿相信他是鬼，因为鬼也是一种存在。

《灾祸连连》（法国）

这是一部典型的法国喜剧，故事很平常，但细节很考究。其实，这也是法国电影共同的特点。法国电影不爱好奇迹，他们总是在细节里去显现奇迹。

法国富翁的女儿玛瑞·本一向是个运气很坏的女孩，她到墨西哥度假时运气更坏了——她失踪了。警察和本先生的私家侦探找了她四十二天都没有结果。一个叫米勒的心理医生提了一个建议，让一个运气也很坏的家伙——会计皮瑞和侦探一起到墨西哥去找玛瑞，皮瑞和玛瑞两个人，负负得正，那么，玛瑞就能找到了。按米勒的说法，皮瑞一定能踩到滑倒玛瑞的那块香蕉皮上。

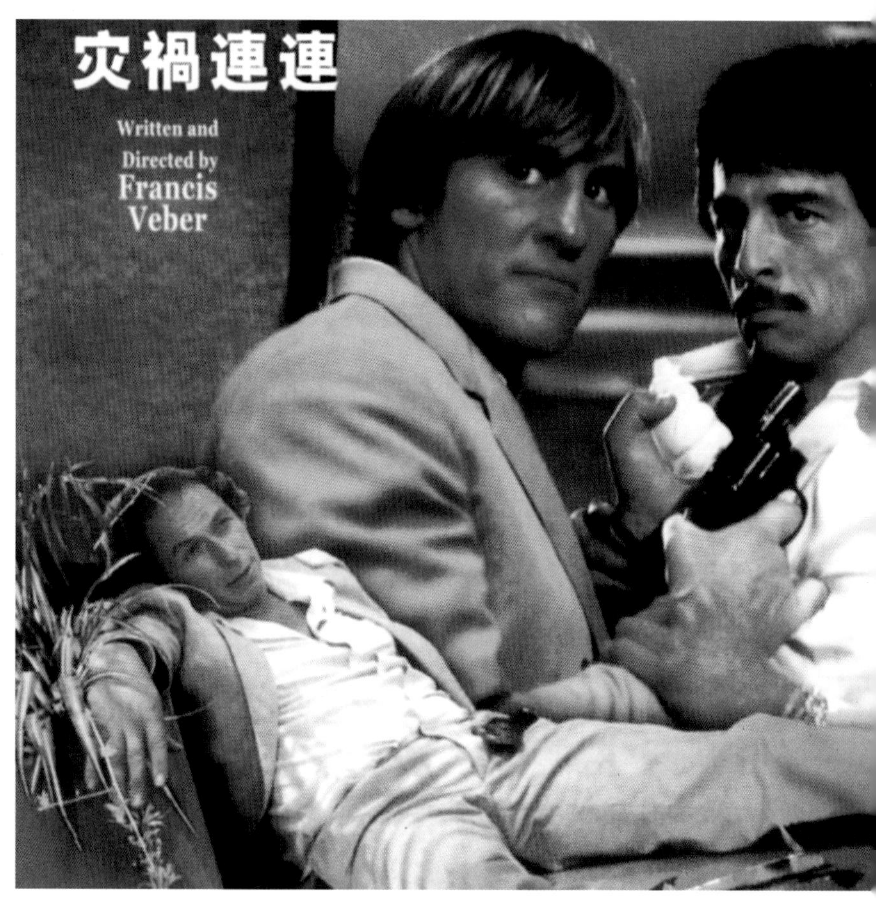

《灾祸连连》

结果，这事最后成了，皮瑞找到了玛瑞。然而，两个灾星此刻负负得负，一同站在从栈桥上垮下来的木板上，顺河漂走了。

我是在深夜看的《灾祸连连》。深夜不睡觉，损容；暴笑无数次，更是损容。但真的高兴坏了，这又是美容的。正负抵消。

《白色夹竹桃》（美国）

上中学时，去学校的路上全是夹竹桃。开花时节，红白夹杂，散发出一种令人不太舒服的味道。据说就是这种气味让它免于虫害。这种味道一直搁在记忆里，后来想形容一下，找不到词，就说“这是一种郁闷的味道”。

一直知道夹竹桃有点毒性，但没想到可以毒人，在《白色夹竹桃》里

《白色夹竹桃》

才看到。米歇尔·菲佛把许多白色夹竹桃泡在浴缸里，那些枝叶的断面会渗出有毒的汁液，这样制作出的毒水，拿去害那个玩弄抛弃她的男人。这是个绵密，甚至可以说是漫长的杀人过程，不过，形式感很好，应该是菲佛这种极端美艳、强硬、高傲的女人所偏好的。片中的菲佛是个艺术家，这就更吻合了。

片中给我印象最深的是菲佛戴着手铐走到铁丝网边的那个镜头，金发披拂，没有化妆的脸依然美丽得惊人，不年轻，也不老，眼神轻蔑狂热，整个人充满了智力上以及道德上的优越感。我想不出好莱坞还有第二个女星能出演这个角色。

《黑暗之光》

《黑暗之光》（中国台湾）

康宜的男友阿平在帮派混战中被砍死了。康宜走到阿平的住处，远远地看着一帮人在处理他的遗物。她转身走了。

这段戏里康宜没有一句话，也没有一个特写镜头，但那种痛彻心扉的悲苦完全传达出来了。

记得导演张作骥说过一段话，说人总是要死的，你以为死的那个人很悲惨吗？不，悲惨的是留下来的人。

这部影片的前面讲了康宜的喜悦，像气球一样饱满的喜悦；和阿平一起上驳船玩，康宜就这么看着心爱的阿平，就这么看着、笑着，然后仰身掉进海里——十七岁的初恋，真是幸福得无言以对。

人们也许可以尽兴地描写幸福，但拿悲伤却一点办法都没有，它被死死地闷住了，是黑暗，一点光都没有的黑暗。

《有时跳舞》（中国香港）

我一向很喜欢关锦鹏的电影，他有清晰而细腻的特点，《胭脂扣》、《阮玲玉》和《蓝宇》是他这种特点的代表作。但在他的《有时跳舞》（又译《异邦的人们》）中，我几乎认不出关锦鹏了，他像是磕了药。

故事本身蛮有意思。一个假想中的香港离岛蜉蝣岛，被一种传染病袭击了。香港政府为保证本港居民的安全，封锁了这个岛，禁止人员出入。来到这个岛上的人都有各自不同的原因，有来疗养的日本小伙子，有来躲狗仔队的香港明星，有来自美国的性情冷淡决断的李嘉欣，有终日等着情人电话的迷迷糊糊的舒淇，还有豪放欢快的日本女摄影师桃井薰……因为行动被控制，加上不知名的病毒潜伏在周围，这帮本来性格各异且各怀心事的人，在这个被迫封闭的空间和被迫停止的时间里，一起变得癫狂、混乱、歇斯底里。

描述一群非正常状态的人，不一定要求导演也陷入一种非正常状态之中。但在《有时跳舞》中，关锦鹏却放弃了清晰的把握，甚至可以说，他放弃了清醒的状态。整部作品视点不稳，非常摇晃，不知所云，通篇都是

《异邦的人们》(《有时跳舞》)

听不清楚的喃喃自语。对这部电影，我得说，真难看啊。当然，如果你允许关锦鹏偶尔胡搞乱搞个把回，也是可以的。

《死亡诗社》（又译《春风化雨》）（美国）

我有一个朋友，是大学教授，他对我说过，他在职业上的一个理想就是想做《死亡诗社》里基丁教授那样的老师。

《春风化雨》

如果在成长期里，遇到一个人，给你的心灵装上自由的翅膀，你会怎样地感激！你会在成年以后感谢神对你的眷顾。在《死亡诗社》里，一群男孩就得到了这样的眷顾，他们从基丁老师那里获得了诗的美妙、个人选择的自由要求和灵魂自我拯救的本领，虽然这中间他们和基丁老师一起付出了巨大的代价，但是，他们的人生从此丰盈了、饱满了。片尾，一群孩子告别基丁，叫道："船长，我的船长。"我不知道你是否会动容，反正，我是泪流满面。

《死亡诗社》是1989年的影片，当年并不算奥斯卡的大赢家，仅获得了一两个奖项，但这十几年来，它在影迷心目中的位置越来越高。我一直觉得它的意义是超出电影之外的，我们可以从中唤醒自己成长期的那些纤细的记忆，也可以从中获得激情和感动，这种激情和感动对成年的我们依然是礼物。

《征婚启示》（中国台湾）

刘若英演一个征婚的女人似乎不太有说服力，所以，这部电影安排了很多应征的男人对她说：你条件很不错啊，也要征婚？

女人的"条件"是否不错跟她的运气没有什么关系。记得我大三的时候，学校里出了个"情圣"。我见过这人，跟传说中的英俊没有走样，比我想像的气质还要好。之所以称他为"情圣"，是因为他的女朋友实在太出乎人们意料了。还不光是丑的问题，而是太糟。我见到他的那一次，他揽着女友的肩膀在低声说着什么，表情非常陶醉。很多人见过他这种表情。大家都百思不得其解，只好奉以"情圣"之谓以免自己思考之苦。

我认识的人中间，真还就有长得人面桃花但从来没有桃花运的。这个

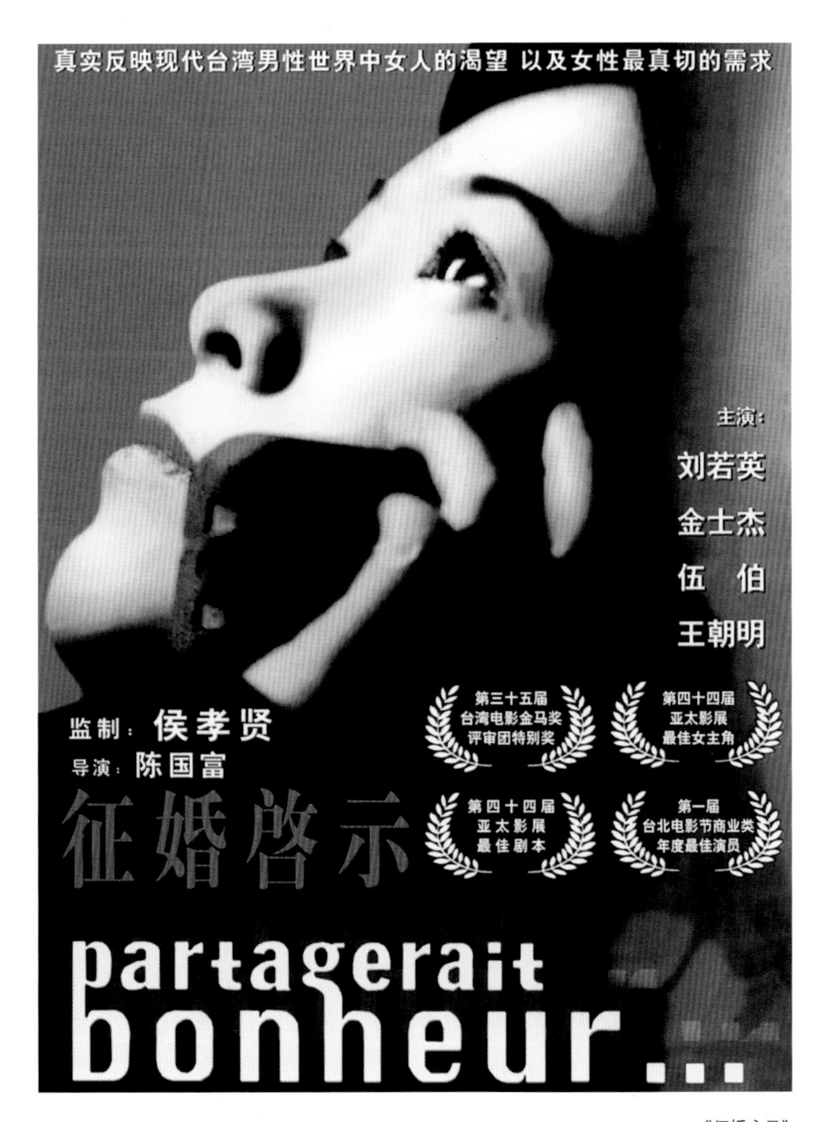
真实反映现代台湾男性世界中女人的渴望 以及女性最真切的需求
主演：
刘若英
金士杰
伍 伯
王朝明
监制：侯孝贤
导演：陈国富
征婚啓示
第三十五届
台湾电影金马奖
评审团特别奖
第四十四届
亚太影展
最佳女主角
第四十四届
亚太影展
最佳剧本
第一届
台北电影节商业类
年度最佳演员
partagerait
bonheur...

《征婚启示》

女人对我说，从来没有一个男人向她示爱，甚至，她从来没有遇到过一个淫邪的眼神。

《征婚启示》简直是一部反面教科书，足以对婚介所的生意构成威胁，让所有打征婚这种形式主意的“条件不错”的女人逃之夭夭。实在是太可笑了，也太可怕了。

女人看这部电影很解气，这是一部关于男人的“群丑图”。刘若英带着讽刺的神情替大家接待那帮小丑。

但是，翻一面过来，情况却是这样的：刘若英不停地给她爱的那个人打电话，那头总是录音电话。刘若英哀求道：接电话，好不好？接电话嘛，我知道你在的……你上哪里去了？是不是回你老婆那里去了？接电话，求求你接电话……

这样的情节足以让女人的泪水夺眶而出。这更是讽刺。

《卡门》（西班牙）

以《卡门》为题材进行重新演绎的电影很有几部，这部是西班牙大导演卡洛斯·索拉的名作，他的演绎方式是将舞台上下的卡门故事融合起来，舞台上妒忌的烈焰和生活中背叛的鲜血混为一体，又是一出人生如戏、戏如人生的范例。

索拉的这部《卡门》，最为夺目的是他用镜头让西班牙舞蹈产生了剑与火的魔力。我是非常爱看关于舞蹈的电影的，但看得全身每个毛孔都张开，血往头顶上冲的，就是这部《卡门》。片中舞蹈编导安东尼奥指导着那个也叫卡门的女演员，边退边吼：“来，来，吞没我，吞没我……”我简直是眼前一黑。

《卡门》

肢体的张力远远胜于语言。所以，我当然不会描述这部电影里的舞蹈究竟是个怎样的东西，它们都疯掉了，表演者的眼睛、嘴唇乃至整个面孔，都随着肢体一起疯掉了。真幸福，真的很幸福啊。

《杜拉斯最后的情人》（又译《爱人》）（法国）

在这部电影里，有这么一段：杜拉斯和雅恩·安德烈亚冬夜依偎在一起，喝着红酒，微笑着。杜拉斯小声地说，听听音乐吧，这是世界上最棒的流行音乐。她起身开了音响。歌声响起，唱道：我再也不敢去了，我再也不敢去了，那个城市，再也不敢去了，因为他拒绝了我。……杜拉斯的表情由沉醉渐渐过渡到痛楚，终于，她站起来关掉音乐，对雅恩冷冰冰地说：“睡吧。”……半夜，杜拉斯冲进雅恩的房间，推醒他，让他滚。她把他的衣服装进箱子里，然后从二楼扔下去，又把雅恩推出房间，边推边说，你是谁？我不要你，离开这里……

《爱人》（《杜拉斯最后的情人》）

这段戏是真实的，至少雅恩在自己的回忆录里就是这样写的。那首歌触到了杜拉斯的往事回忆中最痛的那根神经。很多年前吧，有一个城市，那里住着一个她深爱的人，至于说他和她之间发生了什么，那是没人知道的。但我们可以反推的是，杜拉斯当时痛极了，以至于那么多年后都还能痛。这一切，哪是比她小四十多岁的雅恩可以弥补的。雅恩对于她来说,那种作用可能相当于一个热水袋吧，除了稍微暖和点，对疼痛本身是没有作用的。

那首歌真的很棒。法语歌有很多都非常棒。歌声中,法国老明星让娜·莫罗的表演让人叹服。仔细想想,除了让娜·莫罗,还有谁能演杜拉斯呢?她们两个是同时代的人，也许，在两人过去的交往中，莫罗不见得就喜欢杜拉斯（很少有人喜欢生活中的杜拉斯），但在出演这部电影时，莫罗充满了善意和钦佩,演活了一个让人信服的性格怪戾的文学大师。莫罗让杜拉斯的怪戾有了依据。但也许杜拉斯本人不需要这种依据吧,因为她一向蔑视逻辑。